dirigée par
Noël Audet

D1245345

Beau soir
pour mourir

Beau soir pour mourir

DÉSIRÉE SZUCSANY

roman

ÉDITIONS QUÉBEC/AMÉRIQUE

425, RUE SAINT-JEAN-BAPTISTE, MONTRÉAL, QUÉBEC H2Y 2Z7 (514) 393-1450

Données de catalogage avant publication (Canada)

Szucsany, Désirée
Beau soir pour mourir: roman
(Collection Littérature d'Amérique)

ISBN 2-89037-639-7
I. Titre   II. Collection.
PS8587.Z435B48   1993   C843'.54   C93-096445-4
PS9587.Z435B48   1993
PQ3919.2.S98B48   1993

Cet ouvrage a été publié grâce à une subvention du Conseil des Arts du Canada.

© Éditions Québec/Amérique inc.

Dépôt légal: 1er trimestre 1993
Bibliothèque nationale du Québec
Bibliothèque nationale du Canada

Diffusion:
Québec Livres
4435, boulevard des Grandes-Prairies
Saint-Léonard (Québec)
H1R 3N4
(514) 327-6900 - région métropolitaine
1-800-361-3946 - extérieur
(514) 329-1148 - télécopieur

Montage: Andréa Joseph

Celui-là est allé à la chasse
Celui-là a tiré
Celui-là y est resté
Celui-là l'a fait rôtir
Celui-là l'a mangé

tic tac toc
mon conte est fini

Comptine pour les cinq doigts de la main

Boris sait très bien où il va. La tête sous l'oreiller, un filet de salive entre les lèvres. Il pousse une porte, devine les murs en lattes, franchit la première pièce, puis une autre. Il marche vers la chambre de la maison. Personne n'a l'air surpris. Il reconnaît des gens qu'il ne voyait plus, des gens qui lui sourient d'un air approbateur. Dans le salon bleu, une étudiante de la faculté qui l'a dépanné. Trente ans, cheveux bouclés, seins pointus sous sa chemise en soie indienne. Assise à une table ronde, elle joue à la bataille avec un enfant blond aux grands yeux bruns. Elle a les dents blanches. Boris salue la femme. Il ne fait que passer en silence. L'écho de ses pas, le crissement de la poussière sous ses semelles.

La maison est sale.

C'est sans importance. Il doit se presser. Il traverse les pièces à grandes enjambées. À un pas de la chambre, la paume plaquée contre la porte, il laisse glisser sa main sur la poignée. Il aperçoit le mur à droite. Rien, si ce n'est l'ombre d'un objet cruciforme, l'ovale jauni de cadres victoriens jadis posés là. Le mur du fond, percé d'une fenêtre à guillotine, enferme la nuit opaque. Quelque chose remue. Boris tourne la tête. Ça gueule au téléphone, *en finir, en finir, si c'est tout ce que tu trouves à dire... Un récit? Rien à voir avec les concordances de*

9

BEAU SOIR POUR MOURIR

temps! Tu piges? Si Boris savait comment finit l'histoire, il ne l'écrirait pas!

Paf. La Dolce a raccroché au nez de Nonno, le patron de Boris. Boris ouvre les yeux.

— Ça y est, c'est fait, lui dit la Dolce en s'asseyant sur le bout du matelas.

Elle attend en se mordillant les lèvres.

— D'habitude, tu parles plus gentiment, marmonne Boris en se frottant les tempes.

Il a un de ces maux de tête.

Oui, mais elle n'a pas que ça à faire, dorer la pilule à Nonno. Elle s'empare du paquet de cigarettes qui traîne sur le dictionnaire, à côté du matelas posé sur le sol. Boris hume son parfum et tire le drap; il a une belle érection matinale.

Faudra vous débrouiller pour trouver un sommier, avait dit Sim, l'oncle de la Dolce. Le tio, pour les intimes. Elle pouvait camper chez lui avec ses copains si ça leur chantait de lui donner un coup de main à l'atelier. Sim fabriquait des meubles. D'accord, avait répondu la Dolce en soulignant que Boris partirait sans doute le premier. Et l'autre type? avait demandé Sim. L'autre? Il parlait de Lek. Eh bien, quant à Lek, la Dolce ne savait pas.

— Qu'est-ce que Nonno pense de tout ça? reprend Boris.

La Dolce allume sa clope, les yeux rivés sur la fenêtre donnant sur les toits dominés par la mosquée. Sim avait alloué la plus belle chambre à Boris. Murs bleu sarcelle, fenêtre à volets armée d'une espagnolette en fer noir.

— Il a répondu qu'un récit, ça ne tombe jamais loin de son arbre, et que tu devrais finir le dernier chapitre au plus vite. Il a dit aussi de ne pas compter sur lui pour t'avancer un rond.

Le vent écarte les rideaux. Boris réprime un frisson. *Il fait frais, vous ne trouvez pas?* dirait Lysbeth. Sa voix tinte à l'oreille de Boris depuis le jour où elle lui a prêté les récits d'Alexandre Dumas. De beaux livres à couverture cartonnée, aux titres en relief.

— Nonno se prend pour le comte de Monte-Cristo, dit Boris en se levant.

La Dolce souffle une bouffée de fumée par les narines. Nu au milieu de la pièce, Boris s'étire. Il est grand comme un Peul. Il a l'air d'un acrobate, pense la Dolce.

— Explique-toi, lui dit-elle en le toisant.

— Après être devenu riche, le comte de Monte-Cristo compare le temps à un télégraphe au milieu d'un champ. L'oreille invisible. Nonno veut gagner du temps.

— À quelle page? demande la Dolce, qui fait mine de s'intéresser, pendant que Boris enfile un maillot noir des années trente, à rayures blanches horizontales.

Parfois elle ennuie Boris.

Il appuie ses coudes sur le bord de la fenêtre. Le soleil s'empare de ses avant-bras.

— Je me souviens seulement que c'est dans le sixième tome de la collection Nelson. Tu pourras demander à Lysbeth. Ce soir, elle sera au spectacle de Geronimo.

Le bistrot était rempli à craquer. C'était l'entracte. *C'est le type à côté de Lysbeth qui lui a donné les Dumas*, dit Boris quand les applaudissements se turent.

La Dolce suivit son regard.

Lysbeth canonnait en compagnie d'un vieux lutin à barbe blanche et aux yeux pétillants. Deux carafons de rouge étaient déjà morts sur la table. Lysbeth bichait dans sa robe neuve, une robe noire, cousue en deux nuits. Des mains de fée, Lysbeth. Des volants roses plongeaient entre ses seins. Un triangle de tulle masquait la chair. Coiffée d'un chapeau prune, sa lourde chevelure ornée de rubans se déroulait sur ses épaules. *Lysbeth collectionne les chapeaux anciens*, chuchota Boris dans le cou de la Dolce. *On fera un saut chez elle. Après le spectacle, elle donne une fête en l'honneur de Geronimo. C'est son mari*, précisa Boris en avalant sa salive. *Il renoue avec le public, après dix ans sans remonter sur une scène. Lysbeth lui réserve une surprise.*

— ... ce soir, elle annoncera la date de son défilé de mode.

— On verra, répondit la Dolce.

Elle faisait une sale gueule. Un autre scotch la dériderait. Boris claqua prestement des doigts ; Geronimo reprenait sa guitare à douze cordes, et Lili, la patronne du bistrot, rappelait ses filles derrière le zinc. *Après le spectacle!* lança la tenancière à Boris qui protestait. *Une vraie nounou,* murmura la Dolce en croquant un cube de glace.

La fête en l'honneur de Geronimo allait bon train. Étendus sur les coussins du salon, aux murs tapissés de poèmes baudelairiens, Boris et les autres invités discutaient musique. Lysbeth repoussa le chylum qu'on lui tendait. *C'est l'heure du café*, dit-elle en prenant la Dolce par le bras. Elle l'entraîna vers l'atelier de couture jonché de tissus. La machine à coudre trônait au milieu de la table. *Aide-moi*, fit Lysbeth. Elles transportèrent la machine à coudre et la déposèrent sur le buffet. Après avoir sorti ses plus belles tasses, Lysbeth toisa la Dolce et décréta, les mains sur les hanches, *tu as une tête à chapeau*. Le Gabriel applaudit, *oh, oui, les chapeaux, les chapeaux*. Le gosse fila dans la chambre de sa mère, d'où il revint avec une grande boîte en carton. La Dolce fumait du bout des lèvres. Gabriel empilait les bibis sur sa tête. Le bleu en paille, le turban rouille et, enfin, le feutre fuchsia orné d'un ruban en satin. Jeremy, l'autre fils de Lysbeth, fit irruption dans l'atelier, armé d'un glaive orange en plastique, suivi de Sido, la fille aînée, qui portait Iris dans ses bras. Jeremy et Sido s'esclaffèrent.

La Dolce leva les yeux.

Bien calée dans les bras de Sido, la belle Iris dodelinait de la tête comme une centenaire. Une bulle de lait perlait sur les lèvres de la petite poupoune âgée de trois mois. *Tout le monde se fout de ta gueule,* semblait penser le bébé.

Le café était prêt. Attirés par l'arôme, la smala et les amis s'engouffraient dans l'atelier. *À l'attaque!* hurla Jeremy en pointant son glaive vers son frère. Le Gabriel bouscula Sido et s'enfuit par l'escalier pour éviter de se faire pourfendre. *Tricheur!* tonna Jeremy. Le glaive levé, il s'élança derrière son frère cadet. *Calmez-vous!* gueula Geronimo. Il s'approcha de la Dolce. Boris était assis à côté d'elle. Elle flattait Laminou, une vieille chatte grise qui souffrait de pelade. Les chapeaux gisaient par terre. Geronimo s'agenouilla et les remit dans la boîte. La chatte lavait ses plaies frénétiquement, bien campée sur ses pattes de derrière. Geronimo lui gratta le dessus du crâne. La Dolce trouvait qu'elle ressemblait à une marmotte. Geronimo expliqua que l'animal était malade, *elle ne fait plus pipi, ni caca. Allez, saute, Laminou!* fit Boris en se tapotant la jambe. Le félin sauta sur ses genoux.

— Alors, quoi de neuf? demanda Geronimo.

Drôle de coïncidence. Depuis que la Dolce et Boris créchaient chez Sim, tout le monde leur posait cette question. Boris marmonna qu'il faisait toujours le même rêve. *Et le tio?* poursuivait Geronimo en effleurant le mollet de la Dolce. L'oncle Sim allait bien, et elle avait décroché un rôle de figuration dans un film. *On va voir tes beaux seins?* lui demanda malicieusement Geronimo. Non, elle jouait une midinette des années vingt et portait un costume qui la couvrait des chevilles au menton. *Si tu veux, je peux te les montrer tout de suite.* La Dolce faisait le geste de déboutonner sa chemise. Geronimo hésita. Boris haussa les épaules et détourna la tête d'un air dégoûté. *Et la Mazda?* reprit prudemment Geronimo. Boris se retourna et ouvrit la bouche. La Dolce le foudroya du regard.

— Elle va démarrer.

Pendant un instant, un espoir, le temps d'une étincelle dans le moteur, l'allumage s'écorche et puis rien, plus rien, la batterie est kaputt. Il n'y a plus de jus. Encore. *Partir d'ici, c'est tout ce qui compte*, se répète Boris en remettant les pieds dans l'appartement de la neuvième avenue. Il s'approche de la fenêtre. En face, sur le balcon du deuxième, un type en camisole sifflote, les bras appuyés sur la rampe. *Attention, mesdames et messieurs. Ladies and gentlemen.* Non, la Dolce n'allait pas prendre sa douche, et le voisin n'allait pas se rincer l'œil. *Désolé, mon pote.*

Boris pousse un soupir. Le cœur dans la gorge, il avale sa salive. Il rage. La Dolce ne lui avait pourtant rien demandé. Imperméable sur le dos et besace en bandoulière, elle avait décrété après le petit déjeuner, *tu viens avez moi.* Sim était déjà parti au boulot. Boris n'avait vraiment pas le cœur à retourner sur la neuvième. *Je te déposerai chez Nonno*, avait insisté la Dolce. Ah, oui, Labine, le voisin d'à côté, devait faire démarrer la Mazda, en panne sur la neuvième. Les chauffeurs d'autobus étaient en grève. Boris avait suivi la Dolce. Ils avaient fait du pouce jusqu'au triplex d'où ils avaient déménagé trois jours avant le spectacle de Geronimo. C'était une rue ouvrière, les maisons avaient quatre-vingts ans, des

murs poreux et friables, les briques provenant d'une che-
minée de fonderie démolie avant la fin de la Première
Guerre. En 1917, la main-d'œuvre pour accomplir un tel
ouvrage ne manquait pas et un contracteur véreux acheta
le lot de briques et construisit en un tournemain des
maisons pour les ouvriers ukrainiens qui logeaient sur la
colline du mont Rose. En bas, la voie ferrée, et les
locomotives acheminant des wagons pleins de ferraille et
de bois. Les soirs d'automne, Boris entendait le train
siffler à une heure du matin. Il posait sa plume, s'étirait
un bon coup et sortait sur le balcon. Invariablement, le
train sifflait une deuxième fois, au loin, il allait vers l'est,
vers les raffineries, où Boris avait travaillé pendant
quatre ans.

Se faire déposer chez Nonno. Tu parles, ça fait des
heures que Boris attend. Il fouille dans sa poche. Il n'a
plus de cigarettes. Il attrape une mouche qui se débat
dans la fenêtre. Attention au décollage. L'insecte ricoche
sur la vitre et reprend son équilibre en secouant ses
pattes. Boris cligne des yeux. Pleine d'énergie à réaction,
la mouche ouvre les ailes. Signalez peur. Interceptée en
plein essor, elle s'engouffre au fond de sa main en bour-
donnant férocement, se froissant.

Boris déplie ses doigts. Bing, la mouche se pète la
fiole sur le carreau. La transparence, ça fait mal, ça
occulte. Tout ce qui compte, c'est ce qui se passe chez
les autres. Va voir en face si j'y suis. La mouche se
heurte de plus belle. À travers les yeux multipliés, la
masse rose du pommetier en fleurs, l'ombre acide des
feuilles enroulées sur elles-mêmes, la chaleur des briques
exposées au soleil, le chien roux dans la ruelle, la toison
des pelouses, et la mollesse de la merde. L'odeur du bois
gris. Et l'autre, là-haut, qui veut du spectacle. Les bras
croisés, l'homme en camisole sifflote **la danse du sabre**
en reluquant la fenêtre des toilettes. Encore un qui n'est
pas allé au vernissage de Fisher, se dit Boris.

Poum.

D'une chiquenaude, il décoche une autre mouche. C'est un modèle vieux bombardier. Elle lèche patiemment ses ailes usées. Le corps bleuté brille entre les lignes. Il siffle un fa. *T'écris de la musique?* Il se retourne. C'est la Dolce. Il lui tire la langue. *Non, des livres!* *Hon, hon*, glousse une ombre dans le contre-jour. C'est Labine, le mécano. Il fait le pied de grue dans le portique. Accroupie, la Dolce sort les outils du coffre rouge que la Moukère lui a donné à Noël. Quel beau cul, pense Labine. *Tous les outils sont bons*, dit-il à voix haute. *Lampe de poche, tournevis, scie à métal, fil à plomb, pinces interchangeables.* Boris ne manque rien de la conversation. *Un chalumeau aussi*, insiste Labine. *Pourquoi?* fait la Dolce en se relevant nerveusement. *Un petit chalumeau*, explique Labine. *Si ça suffit pas, un plus gros. On va le dévisser, le distributeur, c'est moé qui te le dis.* Il aime ça réparer des bagnoles.

Quel cerveau, se dit Boris en le dévisageant à la sauvette.

La Dolce est déjà ressortie. Elle est dans la rue et soulève le capot de la Mazda. Cinq minutes plus tard, Labine sue sang et eau, frappe, frappe sur le distributeur à grands coups de clé à molette. *On va l'avoir, j'aime pas ça que quelque chose me résiste*, scande-t-il. Boris retourne à la fenêtre. La mouche est revenue. Elle fait craquer ses jointures. Boris souffle dessus. Il a une de ces envies de l'écraser. Crac. Au diable les moralisateurs bouddhistes. Boris relève la tête. Labine parle. *Inquiète-toi pas, demain, ça va marcher*, dit-il à la Dolce. *Y va démarrer ton char.*

Inquiète-toi pas. Inquiète-toi pas.

Il y a de l'électricité dans l'air. Boris écoute le ciel gronder les raisons du tonnerre. Titan, titan, font deux cordes à linge pressées de rentrer. *On va t'avoir un de ces orages*, soupire la Dolce en s'essuyant le front. Elle ne s'inquiète pas. Elle est appuyée contre l'aile de l'auto et compte sur ses doigts en regardant le ciel lourd. Plus six. Il y a quelqu'un sur les aiguilles du temps. Boris soupire. Elle pense à Lek, se dit-il et, laissant tomber la mouche, il sort rejoindre la Dolce et Labine. Une goutte d'eau frappe la tôle de l'auto. Puis une deuxième. *Lek va revenir*, murmure Boris à la Dolce en replaçant une mèche de cheveux sur son front. Elle a chaud, même si elle est légèrement vêtue. Derrière le capot levé, Labine lui gronde, *rentre donc dans le char*.

— Et de trois, dit Boris.

Il ouvre la bouche et attrape une goutte de pluie. La Dolce lui fait signe, *y a Carlos qui veut te voir*. Elle détourne la tête.

Chez Carlos, leur ancien voisin, la porte est ouverte. Il fait aérer la pièce centrale, une petite pièce aveugle. Il astique les appareils de conditionnement physique dont il loue l'usage à cinq dollars l'heure. Danseur au **Crazy Horse**, où il a gagné sa vie jusqu'à trente ans, il a les muscles en santé. Content de voir Boris, il lui serre la main deux fois. Il a l'ongle du pouce noirci, un coup de marteau de travers. *Alors, ça déménage encore ?* Boris hausse les épaules, *besoin d'être transféré, faut changer d'air, si tu vois ce que je veux dire*. Carlos hoche la tête d'un air entendu, les yeux fixés sur sa rouleuse pincée entre son pouce et son index. Il crache un brin de tabac. *Dans le boutte ?* demande-t-il en louchant vers la bagnole. *En haut de la ville*, spécifie Boris.

Il se mord les lèvres.

Oui, il passe l'été en dedans. Dans les prisons hautes. Chez l'oncle Sim, un troisième dans une rue encarcanée par le trafic fleuve. Boulevard Saint-Laurent. Au pied du courant. La pénitence, ne pas dormir. Boris a passé les trois premières nuits à deviner qui faisait le boucan, *il y en a toujours un qui s'enfarge dans l'escalier de métal, l'autre*

20

qui réquisitionne la fenêtre, la Dolce se cherche dans l'appart, un vrai cheval au galop. Carlos sourcille. Boris poursuit, *elle cherche des objets.* Un objet, un briquet, *je veux un briquet. Ah, en voilà un, le jaune, celui de Lek.* Le briquet était derrière une grosse fesse de pain qui cachait l'horloge. L'oncle Sim n'avait jamais pris le temps de remettre l'horloge au mur depuis que sa dernière coloc avait commencé à repeindre la cuisine. Une œuvre inachevée, d'ailleurs. Ça irait au printemps.

Mais on est au printemps, avait fait remarquer Boris, heureux d'avoir la plus belle chambre. *Ouais, ouais, c'est ce que je dis,* avait répliqué le tio en remettant sa casquette bleue pleine de bran de scie. La visite de l'appartement était terminée. Vite, vite, la Dolce avait allumé une clope. Elle regardait dehors, penchée à la fenêtre qui donnait sur le patio. La mosquée cachait la lune. Quand elle a vu ça, la Dolce a ri. Une lune en plein jour, ça l'a toujours fait rire. Les détenus du deuxième gargouillaient des ordres. S'envoyaient des invectives. Il était dix heures, selon la bande de soleil. Un store sur le mur de ciment. *Respirez devant la fenêtre,* a commencé le tio, *respirez chaque matin.*
L'hygiène publique.
Ferez aérer la chambre, avait riposté Boris. La Dolce lui avait donné un coup de coude.
Ben, quoi, les microbes ont besoin d'oxygène. Tintin lui-même faisait des exercices avec Milou. Et gnan. Boris s'était arraché un bout d'ongle. Il le mordillait depuis le début de la visite. Sim ânonnait, *se ronger les ongles, c'est pas beau, le petit Roseau en sait quelque chose, je lui mets une gifle quand je le surprends les doigts dans la bouche. C'est qui, le petit Roseau ?* avait demandé Boris. *Drôle de numéro, ton pote,* l'avait interrompu le tio en les entraînant vers le salon. La Dolce avait soufflé à Boris, *arrête tes conneries, tu poses trop*

de questions. Le tio avait empoigné son accordéon. *Alors, qu'est-ce qu'on joue pour la Dolce?*

— Elle s'est installée chez le tio, elle aussi ? demande Carlos.

La majorette du malheur, raide comme une barre. La Dolce relève une mèche de cheveux. L'angoisse. Mettez-en, mettez-en, c'est pas de l'onguent. Des brins de folie comme de la paille dans les couettes. En dedans. En dedans.

— Oui, fait Boris.

— En dedans, t'es pas supposé avoir du fun. Et surtout pas la paix, dit Carlos en sortant le jeu d'échecs.

Labine apparaît dans le cadre de porte. Il s'essuie les mains avec une guenille tachée de cambouis. Gelé, il rigole chaque fois que Carlos ouvre la gueule. *Arrête de ricaner dans ton coin,* lui lance Carlos.

Et il poursuit, *quand j'étais en cabane, je rêvais d'avoir la paix, je rêvais à la chaise au fond de la cellule. Je ne voyais rien, les beus m'avaient frotté les yeux.*

— Frotté les yeux ?

Façon de parler, fait Carlos du revers de la main. *Imagine-toi que ta mère vient de te frotter les yeux avec des oignons et du persil. Tu peux pas imaginer ça ? Boy, moé, j'peux dire que ça fait les yeux enflés.* Il soupire. *T'es ben content quand les beus te lâchent lousse dans la cellule. Tu vises la chaise. La table t'arrive aux aisselles. Debout, tu fatigues vite. Assis, tu ne sais plus comment croiser les jambes.*

— Ça donne des varices, dit Boris.

Carlos ne sait pas ce que c'est que des varices. *J'pense que j'vais jouer ça,* dit-il. Il pousse sa tour. Houlà, le méchant, pense Boris. *Et le tio ?* demande Carlos. *Toujours aussi grincheux.*

Après la visite, la Dolce avait voulu entendre **Au petit bois joli**. Le tio avait craché d'un air dédaigneux, *ouais, ça, c'est facile, c'est bon pour le petit Roseau.* La Dolce frappait du talon et répétait **Au petit bois joli!** Le tio avait penché la tête et joué le morceau d'une seule traite. Potoum, potoum. Flon, flon. Et flon.

Ah, ça n'allait pas. Les jambes bien écartées, le tio se dandinait sur le tabouret. Il se grattait le derrière, le dessous des couilles. La Moukère, un peu pompette, s'en mêlait, *au fait, Sim, j'ai des puces, et je ne sais pas comment m'en débarrasser.* Sa présence avait facilité les préliminaires de la visite. C'est elle qui avait glissé le tuyau à Boris; le tio avait des chambres libres, et le vieux grigou cherchait des locataires à court terme pour se sortir d'une impasse.

— Je vais te montrer, répondit Sim à la mère de la Dolce.

Il déposa son accordéon, glissa la main dans le col de sa chemise entrouverte, fouilla, fouilla à travers les poils gris et blancs de son torse, et exhiba une puce qui se débattait. Il sourit. Sa bouche édentée. Il abaissa son ongle sur la tête de la bestiole. Et toc, plus de puce.

C'est comme ça qu'il faut faire.

Voilà, dit Boris en accrochant le tableau de Fisher, une huile psychédélique, au mur de sa chambre. Il achevait de ranger ses affaires. Enfin, il ne lui restait qu'une boîte à vider, qu'il déposa sur la table bancale installée devant la fenêtre. Le ciel brillait. C'était l'heure de la promenade. Obligatoire par temps sec. Boris achèterait une brosse à dents et le journal. La tension grimpait d'un palier. Il abandonna la vision de la mosquée. Il faisait gros soleil. Toutes les façades avaient le front plissé, comme le type qui passait devant, tiens, le voilà qui entrait chez le dépanneur. Un vrai capharnaüm.

Boris remarqua d'abord les houla-houp, les sachets de pilules Madelon, et détourna vite les yeux devant les pots de piments rouges. Derrière la caisse, perplexe, le dépanneur avait la tête d'un carabinier. Une moustache noire. Boris avait un air louche. L'irrésistible envie de battre des cils. Dans la vitrine, le soleil gestapo, le gros spot en pleine face. Il résisterait, comme l'homme de Trieste.

À Trieste se rassemblent les hommes libres sur la jetée. Au couchant, un orchestre joue des valses. Attentifs, ils soutiennent le regard du soleil, les larmes coulent sur leur peau de statue. Sans cligner des yeux. Le tic à Juliette.

Je je je
Je t'ai blessée
Je le je le
Je le sais
— ... que je t'ai blessée, râlait une voix désespérée.
J'vas me tirer. J'vas me tirer.
— C'est qui, c'te folle-là ? vociférait Kunel, le doigt
sur le répondeur.
— Oh, ça, c'est Juliette, soupirait la Dolce.
Elle refermait la porte en frissonnant. La répétition
avait été longue et ils avaient traversé le parc, le sol était
gelé. Maudite poignée. Ils rentraient de l'atelier de
Fauché. Oui, Fauché. (Salut, Fauché. Ça va, Fauché ? Où
es-tu ?)
Kunel poussait un hurlement exaspéré, arrachait le fil
du répondeur. Nanar à la gomme. La Dolce avait l'air
consterné. *Excuse !* Le répondeur appartenait à Stef,
illustrateur bouddhiste, spécialiste en or et noir, pas plouc.
Pour qui elle posait. *Ex-cuse*, répétait Kunel, les poings
serrés. Le cœur grand comme une chanson, *j'veux pas*
que tu répondes au répondeur, euh, au téléphone ! Il ne
tolérait pas que souffre la Dolce. Ouais. Tu parles d'un
mystère à dépêtrer.

Avez-vous des brosses à dents ? demanda Boris. Le
dépanneur hochait la tête, *désolé, pas de brosses à dents.*
Incroyable, pensa Boris en ressortant dans la rue.
Le soleil lui péta le front.
Fragments de vitre, minutes éclatées, pacotilles à
couler dans le béton. Kunel était mort. C'était la cerise
sur le sundæ. Le soleil, trop haut pour Kunel. À l'heure
du zénith, son sang coulait encore. Histoire à reconstruire
sous l'orage. Cerveau en chair, corps intact. Mains solides,
cramponnées au fusil. Et sa tête. Il aurait dû voir sa tête !
éternua Boris.
Une faille sous les cheveux. C'est ce qu'elle a dit.

C'est tout, a dit la Dolce.

Elle n'avait qu'à remettre sa tête dans sa tête. Boris monte l'escalier de service qui mène chez Sim. Il pousse la porte du hangar, pénètre dans la cuisine et dépose, dépose quoi au fait. Ses mains sur le comptoir. Rien, rien, il n'a rien acheté. Sim se moquerait de lui. La cigarette dans le cendrier. La vaisselle dans l'évier. Le linge dans la laveuse. La laveuse dans la sécheuse. La sécheuse dans le hangar. Le hangar dans l'escalier. L'escalier dans la ruelle. La chronologie se déglinguait.

Le jour de leur arrivée chez Sim, Boris avait descendu les poubelles. Là, les poubelles étaient avec les poubelles. Il avait regardé au bout de la ruelle. La rue. Direction boulangerie, boucherie, bananerie, bonbonnerie. Il était énervé. Tu parles, faire des emplettes l'estomac vide, c'était la nausée assurée. *Chacun son tour*, avait dit Sim. Le lendemain, il réussit à éviter le rayon des yogourts et soupirait d'aise en accélérant le pas, enfin le palier, *ouch*, la manche de son imperméable, happée par le bras de l'escalier, avait freiné son élan. Il s'était fait un bleu.

Il rentrait encore les mains vides. Avec Kunel, pas de point d'interrogation.

Pourquoi les arbres, criait Kunel en pleine agitation. Propagande dans la forêt rouge. Ses paroles enroulées dans une buée glaciale. Fables de parc. Il ventait. Les arbres marchaient, déambulaient, un journal sous le bras, décoiffés. Il était huit heures du matin. Kunel, Boris et la Dolce sortaient du **Matin des magiciens,** où ils avaient bouffé des chaussons aux pommes et un roulé aux graines de pavot, arrosés de deux bols de café au lait, les godasses mouillées fumaient près du feu. Il y avait un poêle à bois chez les magiciens.

Il ventait.

Dangereux pour le feu. Des types se promenaient en chaise roulante dans le parc. *Interdit!* leur criait Kunel.

Vous êtes trop dangereux pour le feu. L'extinction guettait toujours le feu. Les arbres condamnés à vivre hauts et courts dans la terre. Kunel grimaçait. *On pisse dessus.* *On chie dessus. Les arbres,*
— ... ils marchent, gémissait-il, accroupi au pied d'un amélanchier.

Boris haussait les épaules. Le finfinaud avait parlé. *Eh oui, que veux-tu, les arbres marchent.*
— ... à la verticale, insistait Kunel.

Boris relevait le col de son manteau. Les mouches chiaient au plafond. Il ne faisait pas chaud dans la fable. Boris piétinait. La Dolce et Kunel ne s'occupaient pas de lui. Ils avaient un arbre à écrire dessus. Ils attendaient qu'il parte pour faire leurs folies. S'écrire sous les arbres. Il était rentré seul.

La nuit du suicide, à force de penser à cet arbre, Boris ne s'était endormi qu'à l'aube. Une vraie chauve-souris. Il secouait le matelas, les oreillers. Il aurait voulu ne pas avoir de lit. Un corps à corps avec un linceul. Autant jongler avec des mouchoirs. L'encre au-dessus de la tête.

Lek n'avait pas perdu le nord, lui. Il avait empoigné le matelas. Il secouait Mario, *hé, Mario. Mario! Viens là. Tu me donnes un coup de main à transporter le matelas?* Anéanti, Mario ne répondait rien, *allez, dépêche-toi, tu veux, on le fout là, le matelas! J'ai pas envie de le traîner encore longtemps. Je voudrais bien m'allonger un p'tit coup.*

C'était une bonne idée. Dormir en petits moineaux, serrés les uns contre les autres. Toute la veillée à écouter le coup de fusil. L'oreille dressée aux fétus de paille qui craquent, Lek enregistrait les émotions de Mario, sursauts, rots, soupirs, hoquets, visions, tout le bataclan. Non, le beau Lek n'avait pas fermé l'œil. Chez lui, sur la ferme, ils étaient habitués à veiller le veau de la vache, lui, couché dans le foin, et son père, le bras enfoncé jusqu'à l'épaule dans le corps de la bête. La lampe jaune, l'haleine de la grosse meu, la buée. Parfois, Lek s'assoupissait cinq minutes, puis sursautait, *j'ai dormi ? Est-ce que j'ai dormi ?* Son père lui faisait signe que oui, la tête appuyée sur le flanc de l'animal. Lek bondissait sur ses pieds, se frottait les yeux et relayait son père.

À l'aube, Charlie boy, le frangin de la Dolce, était descendu pour dire, *il est cinq heures du matin, la veillée est finie, là, bon. Le jour se lève.* La Moukère avait décidé, *va les chercher. Il faut casser la croûte. Une nuit à veiller un suicidé, ça suffit.*

Ils étaient montés docilement au deuxième, chez la Moukère : Boris, Lek, Charlie boy, non, la Dolce, suivie de Lek et de Mario, le coloc de Kunel ; l'ordre a-t-il de l'importance ? Ne pas souffrir, ni de voir une chaise, ni une table, ni un lit, ne plus jamais s'asseoir. *Poussez-vous.* La Dolce voulait une chaise. Une place pour s'effoirer. Mais tout ce qui est effoiré ressemble à Kunel, mort le canon dans la bouche.

— Ouais, Kunel l'avait dit qu'il ne manquerait pas son coup, laissa tomber Mario à table.

Tout le monde resta figé. Il n'en avait jamais parlé. C'était bien le moment. La Moukère et Charlie boy étaient pendus à ses lèvres. Lek rompit le silence.

— Tu inventes. Je n'ai pas entendu ça.

Vous n'avez rien entendu du tout, pensait la Dolce. Sauf Geronimo, se souvint-elle. Rien, mais rien de rien, non. Pas une miette de bruit, ni le sang qui a giclé sur le placard. Kunel avait bien calculé son coup.

— Tu ne manges rien ? demanda Lek à la Dolce.

Non, elle ne mangeait pas. Mal au cœur devant l'omelette que la Moukère découpait en portions. *C'est pas grand-chose*, gémissait la Moukère en déposant les triangles aux œufs dans les assiettes. *C'est pas grand-chose*, répétait-elle.

Ta gueule, se surprit à penser Boris.

Mario mastiquait goulûment. Faim, pensait la Dolce en le regardant. Toujours, la faim.

— Tu mangerais au-dessus d'un tas de merde plutôt que de laisser passer un bout de pain sec, parvint à dire la Dolce.

Mario ricana, *les souris se font décapiter pour un bout de fromage.* Il avait les dents longues soudainement. *Tu dois confondre avec les rats.* La Moukère faillit renverser son omelette. *T'es dégueulasse,* dit Charlie boy. *Non, elle a raison,* fit Mario. Son menton tremblait. Lek referma son Laguiyolle, un couteau au manche en corne. Tête de coucou, pensait-il.

La Dolce s'en foutait, dans un cas comme dans l'autre. Ils avaient veillé sur le matelas. Dans la pièce centrale, entre le piano et le gyproc peint au sang de bœuf où Kunel avait gravé *les choses résistent.*

Bordel de bordel, il va falloir le dire à Fauché. C'était leur maître d'atelier de sculpture. Silence. Tout le monde baissa les yeux. *Inquiétez-vous pas, on va s'en charger, hein, Boris?* murmura la Dolce.

— C'est ça, amène le linge sale, le sang, la crotte, à nous la job de concierge.

— Allons, Boris.

— Kunel est mort, personne ne va cracher sur sa tombe.

— Mais, Boris.

— J'ai pas envie de cracher. J'ai plus une goutte de salive dans tout le corps, *je veux dire, je veux dire, tu sais, you know,* non, pas en anglais, c'est pire, c'est pire.

Il s'emballait.

Lek lui avait dit d'aller prendre l'air.

Boris s'était fait épingler en sortant.

— Was he depressed the fellow who took away his life? Was he depressed?

Une Anglaise.

Boris reconnut la voisine, une femme battue, son mari... *Quoi?* Elle lui demandait si Kunel était déprimé avant de. Non, il n'était pas déprimé, ah, et puis, son mari pouvait bien coucher avec sa fille si ça pouvait lui faire plaisir! Au moins, son mari ne venait pas sniffer. Le lendemain. Un dimanche frette, ben frette. Boris n'avait pas les yeux enflés, lui; il n'avait pas touché au gin de la Moukère. Il ne restait plus de cigarettes. *Bon, je vais y aller*, avait-il dit. Il fallait bien qu'il laisse Lek un moment avec la Dolce. Lek prenait l'avion dans vingt-quatre heures. Boris était sorti. Carlos s'en souvient. Il balayait les dernières croûtes de glace. Crouche, crouche. *C'est fini?* avait demandé Carlos, appuyé sur sa pelle. Il désignait la fenêtre de l'appartement de Kunel. *Ouais, c'est fini.* On le raconte à d'autres que ça devient quelque chose. Wow. Boris parlait et les yeux, la bouche, tout se plissait dans le visage de Carlos, *oui, au moins trois seaux de sang. Ça colle vite du sang, hein?* Ouais, répondait Carlos.

La cervelle aussi.

— Va chercher la brosse, avait dit la Dolce à Charlie boy.

Ce n'était pas de la rigolade. La cervelle avait revolé sur le mur. Bien séchée. Ah, la, la, même avec la brosse, ça ne marchait pas. Ça méritait un petit coup d'ongle. Boris avait trouvé des tampons en laine d'acier, et la Moukère une paire de gants en caoutchouc. *Tu veux rire*, fit la Dolce en voyant Charlie boy arriver avec tout le bazar. *J'peux pas travailler avec ça.* Vingt-cinq bonnes minutes de délire. L'odeur était celle de l'aneth. Ils étaient trois pour nettoyer la place. Mario, Charlie boy et la Dolce. Une seule personne aurait mis pas mal plus de temps. Une heure et demie. Au moins, ouais. Carlos était d'accord. Ils ont l'air bête, les gens à qui on raconte ça. *Qu'est-ce que tu veux qu'ils te disent?* répliqua Carlos. Rien. Rien. Je ne veux rien, qu'ils ne me disent rien. Je ne leur demande pas de parler, de dire quelque chose, je leur demande de dire quelque chose s'ils ont quelque

Le silence est un miroir de poche. Tant pis pour les emplettes. Boris ferait un saut chez Lysbeth avant d'aller à la banque. Épier les choses, regarder les gens qui courent dans la rue. Chez Lysbeth, la vie ressemblait à la Bible. Boris lui disait souvent, *si ça marchait bien, le truc de la croix, ça ferait longtemps que j'en aurais une dans le cou, mais...*

— ... j'aime pas les bijoux de ce genre-là.

Elle porte une croix en or, un pendentif. Il effleure le bijou qui brille sur sa peau blanche et retire sa main. Lysbeth n'a pas bronché, seulement souri. Elle a une dent en or. Les clinquants de martyre. *J'ai prié souvent. Ah, oui ?* fait Lysbeth. *Toi, tu as prié souvent ? Oui, j'ai prié les patrons d'alléger la grosse croix du jeûne. J'ai prié, tiens, un exemple, j'ai même prié les proprios !* Boris veut parler de Mme Paquin, sa première propriétaire. Lysbeth tranche, *ce n'est pas pareil, les possesseurs de pouvoir. Les pilleurs de temps. Laisse tomber les prières.*

Ça mène toujours au cul, soutient Lysbeth. Normal. Quand on prie quelqu'un, il nous prie à son tour. C'est vrai que son cul à elle, à quoi il ressemble, Boris n'en sait rien, sinon qu'elle a une croupe de couturière. *Du cul ! Pour que ça marche, il faut du cul !* C'était la politique de Nonno, le patron de Boris, qui lui avait dit, en lui confiant la traduction d'un livre cochon, *le cul, ça se négocie. C'est tout ?* avait fait Boris. Nonno n'hésitait jamais, *du cul, et un petit peu d'argent. Et quand le cul ne marche plus, rien ne marche plus.*

Bon, il fallait qu'il aille à la banque. *Tu vas au moins prendre un café ?* offre Lysbeth en lui assurant que ça irait mieux dans quelque temps et qu'il avait bien fait de déménager. *Ouais.* Au moins, il n'avait plus à changer la litière de Poupounette. Ni entendre, *ça pue, ici,* tonné par Charlie boy, qui avait la manie de surgir à l'improviste par la porte d'en arrière. Il avait toujours la morve au nez. Là, il ouvrait la bouche, se tordait les narines, mais non, y faut pas se retenir. Là, là, il va éternuer, se disait Boris, qui s'arrachait les cheveux à traduire le premier chapitre du livre cochon, je ne finirai jamais.

Et flouche, ça revolait de chaque côté, atchoum. Charlie boy avait la technique pour ne pas tacher son chandail ou sa chemise. Charlie boy travaillait, lui, il travaillait dans un bureau, il ne pouvait pas se permettre de se tacher. Le frangin accrochait la Dolce, *tu sens la transpiration,* continuait-il en reniflant sa morve. *T'es dégueulasse,* lui disait-elle. Non, mais pour qui il se prenait. On changera la litière des chats tout à l'heure, si ça nous chante. Elle avait les mains dans l'eau de vaisselle. Ce n'était pas tout. Quelqu'un entrait, les coins d'ombre s'agrandissaient et pourfendaient le tout. Assez brutal, merci beaucoup. La vaisselle sale, les crottes de Poupounette, et le facteur qui en profitait pour enfoncer des enveloppes pointues aux couleurs menaçantes. Il va finir par casser la fente à lettres, se disait Boris en allumant la Magnet Radio pour ne plus entendre Charlie boy et la Dolce.

Ça va passer. Ça va passer. Ça passe. L'angoisse, ça n'a rien à voir avec la douleur. Quand la vaisselle était rangée, la Dolce cherchait ses chaussures, les trouvait, les enfilait. Tu es en retard, lançaient les murs en répercutant le bruit de ses talons. *Enlève-moi ces chaussures à la con,* chicanait Lek, avec une drôle de voix. Non, elle ne voulait pas quitter ses petites chaussures à talons. Boris haussait le volume, la Magnet Radio diffusait l'écho d'une salle de bal vide, les hoquets d'un mauvais enregistrement. Des parasites sciaient l'air. Des bestioles amputées se baladaient dans le vent, s'abattaient aux abords du fleuve. Cris d'outardes.

— Enlève-moi ces chaussures! Et ça ira mieux, j'te dis!

Ça ne se peut pas, voyons. Boris brassait la Magnet Radio, collait son oreille dessus. Quelque chose ne marchait pas avec l'appareil. Encore l'écho dans une salle de bal vide. Un problème de feu. D'électricité. Ah, voilà, il avait capté une émission, *il faut se relever sur la pointe des pieds et retenir une main sur votre taille, prenez votre temps,* chevrotait la radio. Prenez votre temps. Prenez votre temps pour me faire mourir le plus longtemps possible. Saccades rapides, flottantes. Icebergs dans le cœur. À faire tomber raide.

Hé, Boris, t'es dans la lune ou quoi? lui demande Lysbeth en posant la tasse devant lui. Elle y a ajouté un grain de cardamome. Boris avale une gorgée de café en regardant le crucifix sur le mur de l'atelier de couture. Des douleurs grosses comme du gravier. Non, le bon Dieu était une waitress désabusée qui servait et desservait des plats à toutes les sauces. Le bon Dieu n'avait pas de varices. Non, il n'était pas dans la lune, il voyait Charlie boy se moucher et demander à la Dolce :

— Qu'est-ce que tu vas faire avec les affaires de Kunel?

Quoi, qu'est-ce que je vais faire? Il faut tout ranger, disait la Dolce. *Les costumes, tout. Je vais faire comme je fais avec les miennes, les trier, les ranger, les mettre dans des boîtes, ben oui.*

Les masques des danseurs africains tressautent sur les visages. *Qu'est-ce que c'est que ça ?* Charlie boy soulève la cotte de mailles en cuir de Kunel.

Les longues chevelures de crin.

Et ça ?

Les muscles des jambes frémissent, ondulatoires, les paupières soulevées, les yeux percés dans l'écorce de palme et, sous le pagne rouge, le sexe brandi, les danseurs scandent, la faim, l'orage, et la pluie. J'aimerais éternuer de haine. Quand vous serez fatiguées, mesdames, vous viendrez vous reposer chez moi. Je vous ouvrirai la porte. N'est-ce pas que vous viendrez ? Vous entrerez, je vous délesterai de vos sacoches lourdes, enlèverai votre vieux manteau aux poches pleines de trente sous économisés pour prendre l'autobus, pour ne pas marcher. Ces soucis-là, nous les donnerons au chat. Entre-temps, vous vous serez assises dans un fauteuil de soie moelleux, rose ou fuchsia, et du thé d'oranger, du café turc, parfumeront l'air.

Macache.

Boris se frotte les paupières. *Tu as une sale mine,* lui dit Lysbeth.

Comme s'il ne le savait pas.

La nuit, sous l'œil amusé de la chauve-souris, il faisait la pitoune, roulant à droite jusqu'au vide. Il sursautait, j'ai dormi, est-ce que j'ai dormi. La bordure du lit s'enfonçait dans sa chair. La joue marbrée du matin. Un coup de fouet en travers de la gueule. Boris se massait la joue à l'eau froide. Surtout pas de plis devant Nonno, c'est pas avec cette tête-là que tu vas avoir du boulot. Boutons de matelas, nylon trempé. Kunel n'a pas fait ça dans son lit. Aurais-tu vu ça ? Nous aurais-tu vus en train de sortir ce grand matelas qui prenait la moitié du salon double. Tout rouge dans la rue.

Rouge. Non. Non. Le sang devient noir en séchant. Ce n'étaient pas des gouttes rouges mais des éclaboussures de gouache noire délayée. La chauve-souris ne voyait pas. Boris éteignait la lumière. La chauve-souris se lassait vite. Vite, un autre spectacle. Comme les beux. Ils avaient hâte de déguerpir, c'est moi qui te le dis. Dès qu'ils ont vu la Dolce. À côté du cadavre. Lequel était le cadavre ?

— C'est un homme qui s'est tiré entre les deux yeux, avait confirmé le policier. Dans la bouche, plus exactement.

— D'abord, vous n'avez pas le droit de dire cadavre, s'était permis de protester Mario, le coloc de Kunel.

Le paternel de Kunel s'était emporté, il voulait savoir, *est-ce que... est-ce qu'il est abîmé ?*

Ah, ben, là, évidemment, c'est une question de goût. Meu non, meu non, il ne fallait pas répondre des trucs pareils à un paternel. Tabou. La Dolce regardait Kunel dans sa tête, es-tu abîmé, hein, qu'est-ce que t'en penses ? Boris tremblait en servant un remontant au paternel. Non. Non. À bien y regarder, non. Parce que j'ai bien regardé, j'ai pas touché, je ne voulais pas mettre mes doigts sur le métal, c'est le gun que j'aurais voulu enlever de là.

Dure à avaler, la complaisance de l'exactitude. Avec Kunel, il fallait toujours être exact, avoir la meilleure méthode, le meilleur morceau de musique, être la meilleure baiseuse, la meilleure metteure en scène, la fille aux plus beaux yeux, la mieux tournée, un petit corps pas méchant, pas méchant, une fille intelligente, quoi. Le meilleur ami, le plus patient, le plus assis, le plus fidèle jusqu'à la mort, oh oui ! incluant un pacte conclu d'avance, dans le temps de la petite école, Mario l'avait enfin avoué rendu au dessert, la fascination du plus grand.

Non, non, il n'était pas abîmé. Il était beau, pas un cheveu de déplacé. Je le jure. C'était parfaitement réussi. Pour constater vraiment la chose, le crâne fendu en deux comme une sphère de bois, et tout le tralala, il avait fallu que la Dolce s'approche tout près. Un sarrau blanc s'était posé sur ses épaules et un stéthoscope s'était enroulé autour de son cou. Le voile de la distance. Les mains dans les poches, font les médecins, pour s'empêcher de toucher, parce que toucher, c'est voir, et voir, c'est quasiment redonner la main à la vie, la main reconstruit les raisons de la mort, il ne manque que la poudre de perlimpinpin, la main remonte, jusqu'à la mort elle-même.

La crapaude attend là, en se limant les ongles, d'être découverte. Et puis, on est séduit. Le sarrau tombe vite des épaules et on soupire qu'il n'y a rien à faire, rien à faire. Il ne faut rien faire. Rien fabriquer. Les mains dans les poches, je passais en revue le corps de Kunel, une part de vie dans les objets penauds réunis autour de lui.

Boris frémissait.

Non, non, murmurait la Dolce devant le père. Les doigts de Kunel étaient crispés, à jamais immobiles, s'il jouait du piano ailleurs désormais, il devait avoir mal aux poignets et à la tête, bien entendu. Il est beau. Pas un cheveu de déplacé, comme dans les films. Il a fallu que je me penche pour voir la blessure sous ses cheveux, sa crinière pendait, du feuillage sur son front. Ma main s'est arrêtée, je ne voulais pas voir. Les yeux. Non. Niet. Pas question. Kunel n'avait plus de yeux, le cerveau avait glissé sur le parquet, en un seul bloc.

Ils vont tous m'haïr d'écrire ça, il va falloir une masse de pseudonymes, des noms à trouver pour ne pas identifier qui et quoi, pour que ce ne soit pas. Peux bien changer les noms, si ça peut faire plaisir. Pour que ça puisse ressembler à ce que tu n'as jamais vu. Ça me fait bien rire, ces **histoires de ressemblances qui ne sont que pures coïncidences**. C'est détestable. Ces scènes. **Un cœur ouvert à l'écran**, plus doux encore, **Une ménagère se coince la main dans un four à micro-ondes**. Cuisson complète, en moins d'une minute. Sous vos yeux, une minute, c'est mieux que rien.

Perplexe, le paternel. *Alors?*

Alors, la dernière scène avec le copain, ça n'a rien de bien méchant, disait la Dolce. *Sauf pour les invités qui sont arrivés en retard. Ce n'est pas leur faute. L'heure du rendez-vous n'était pas la même pour tout le monde. Kunel avait de la méthode.* Le paternel approuvait, *un mathématicien versé dans les sciences appliquées.* Un incident avait bien failli faire louper l'expérience ; un impondérable. La veille du suicide, ça avait bardé chez le voisin de Kunel, un peintre très pauvre, aux cheveux longs, un dénommé Fisher qui habitait au-dessus de chez Adrienne. *Maudit pouilleux, tu vas prendre la porte ou j'te fais casser les jambes !* avait menacé le proprio de Fisher, à la tombée du jour. Beau soir pour mourir. J'suis quand même pas pour me flinguer, s'était dit le peintre après une nuit de réflexion. Passion du psychédélisme, très zen, assis sur le radiateur qui bordait la fenêtre, Fisher avait attendu le soleil. Quand le bleu de la nuit céda sous le rouge pékin, il salua l'astre. Sa décision était prise, je vais bazarder toutes mes toiles. À main levée, il avait dessiné trois affiches, huit et demi sur onze. Vernissage, à telle adresse, tout bonnement, entre telle et telle heure. Il avait enfilé son jean troué et était sorti. Il avait collé les affiches sur les trois poteaux électriques de la neuvième. Ça ne sert à rien d'en faire plus, à part acheter deux gallons de vin. Un de blanc. Un de rouge. Au bout d'une heure, toute la rue était au courant.

— Y a un varnissage chez Fisher, celui qui fait de la peinture, avait dit Adrienne à Boris.

Ça changeait. D'habitude, il est question de ventes de garage ; sur la neuvième, il n'y a pas de garages. Sont rares ceux-là qui ont les moyens d'avoir une auto. Font pas de crise pour autant. S'amusent à surveiller celles des autres et à les avertir quand l'épinard de la Ville s'amène pour se faire la rue. Contraventions, contraventions. Il les remplit en série, bien assis dans son spoutnik orange, buvant un pepsi ou un café acheté chez Perrette. Il est neuf heures et demie du matin, parfois même dix heures, et le délai pour changer le char de place est expiré depuis une bonne heure. Fisher, le peintre, est de ceux qui n'ont pas de vaisseau spatial. Adrienne non plus, mais elle, elle n'en a pas besoin. Elle a eu le cancer, ils lui ont scié la moitié de l'épaule et de la gorge, pour une petite rémission, *un bonus*, comme elle dit. Et puis, l'hiver dernier, le cancer a repris tout d'un coup, ça fait qu'ils l'ont rentrée en chimio, pis là, au boutte de six mois, elle s'est tannée de se voir pus de poils sur le corps. *Y en n'avait pus nulle part*, insistait-elle, en faisant niet avec ses bras au-dessus de son ventre.

Adrienne est revenue à la maison. Les médecins lui ont dit, *surveille la phlébite*, et c'est ce qu'elle fait, Adrienne, elle surveille sa phlébite, assise sur le balcon, la jambe allongée sur un guéridon coussiné rouge. Comme elle se lève très tôt, elle repère avant tout le monde le type qui colle des contraventions. Il rédige un poème à vingt-cinq piasses qui en fait déclamer plus d'un.

À quoi ça sert, qui soye dans un char, il pourrait faire ça à pied. Je comprends pas ça, marmonne-t-elle. L'épinard s'étire un bon coup. Il ne soupçonne pas la femme au crâne rasé de pouvoir courir. À deux mains, Adrienne soulève sa jambe, la dépose par terre, se lève et, à petits pas saccadés, les pieds tournés par en dedans, elle cogne à la porte de ceux qui roupillent encore.

C'pas de leu faute, plaide Adrienne quand l'épinard sort de la bagnole orange, *monsieur, y travaillent toutte la nuitte, hein, hein, c'est vrai*. Elle prend à témoin le premier automobiliste qui sort enfin du lit, tout ensommeillé, les bretelles pas relevées, *hein, Carlos, tu travailles toutte la nuitte ?* Carlos la regarde, l'air ahuri, *qu'est-ce qui te prend, Adrienne, t'es devenue folle à matin*, puis il avise le spoutnik au bout de la rue, comprend que l'épinard est arrivé. La bouche pâteuse mais d'une voix qu'il veut ferme, il affirme, *c'est vrai, ça, j'ai toutte la nuitte travaillé*. Il débarre son quatre par quatre flambant neu, s'installe au volant, fait tourner la clé, la radio éclate, il sursaute, démarre à fond les gamelles, vers une place libre au bout de la rue, de l'autre côté, bien entendu.

Quand personne ne se décide à sortir pour déplacer son char, Adrienne cherche à gagner du temps, pistonne les passants qui se dirigent vers le dépanneur, ou elle s'en prend au facteur. Celui-là, c'est vraiment le témoin le plus difficile à retenir. Il bougonne du bout des lèvres tout en continuant de livrer. Monte. Descend. Remonte. Enjambe les rampes de balcon. Comme il s'éloigne, Adrienne hausse la voix. C'est une fille de pêcheur. Habituée à parler plus fort que les vagues. Elle aurait pu faire de l'opéra, et elle en fait. Ses paroles volent aux oreilles du facteur, qui est rendu à la dernière maison de la rue, à la sortie de la ruelle, celle qui est flanquée d'une borne-fontaine, la chienne. *Hein, monsieur le facteur,* tonne Adrienne, *hein, tout le monde se lève tard sur la rue, cé parce qu'ils travaillent tous la nuitte, cé pour ça qu'ils ont des chars, parce que y'a pas d'autobus passé deux heures du matin. Hein, monsieur le facteur ? Dites-y donc, à l'épinard, tout le monde travaille de nuitte, même le facteur le sait, c'est écrit sur les lettres.* Avec un grand roulement de tambour, l'épinard soulève les essuie-glace.

Perplexe, le facteur examine les enveloppes qu'il s'apprête à glisser dans une des rares fentes à lettres qui ne soit pas bouchée avec du papier journal ; ça empêche le vent de siffler et prive les enfants du plaisir d'enfoncer leur verre en carton dans le trou quand ils ont fini de siroter leur liqueur dans les marches d'escalier. Le facteur hausse les épaules et murmure en aparté, *y a rien que des contraventions, ché pas quelle sorte de job y font ces gars-là, y a jamais de chèque dans le courrier.*

Adrienne lui demande de répéter, *répétez ce que vous venez de dire.* Évidemment, il ne le répète pas. *Monsieur le facteur, vous l'avez dit, y en n'a pas de chèque de chô-mage. Ça prouve que les gars travaillent. Y travaillent de nuitte, à part de tsa. Aimeriez-vous ça, vous, livrer des lettres en pleine nuit ?* Le rêve, pensait Kunel, les doigts immobiles sur les touches du piano. Livrer du courrier en pleine nuit.

Adrienne n'était pas allée au vernissage. *Rapport à ma jambe,* disait-elle à Boris en glissant la main sur son mollet bleu. *Les escaliers, c'est trop pour moi. C'était-tu beau ? Je n'y suis pas allé, moi non plus,* répondit Boris. *Un vernissage, c'est un genre de bazar ?* lui demanda-t-elle. *Oui, on y bazarde des toiles seulement. Y fait de la belle peinture, Fisher.* Elle glissait deux tranches dans le grille-pain. Adrienne prenait toujours son petit déjeuner sur la galerie.

Oui.

J'ai vu, poursuivait Adrienne, *il s'en servait comme store dans toutes les fenêtres de son appartement, dans la porte, dans la fenêtre d'en avant, pis même dans la fenêtre d'en arrière.*

Elle grognait, *c'est donc long attendre après une toast. Une rôtie pour la loi cent un. Y a pas d'image en arrière de tsa. S'il y avait des petites fleurs autour, des gens brandissant des flambeaux, un paysage d'automne anglophone, une petite touche d'émoi, mais non, c'est sec et aride comme le désodorisant qui a le bâton le plus large, puis nous, on a rien que ça...* soupirait Adrienne en désignant l'affiche **la loi 101 touchez-y pas,** que Fisher avait fixée au balcon. *Ça pend sur les galeries, dans un an, on s'en servira pour réparer la clôture, ou comme paillasson, ou pour boucher un trou dans le toit et empê-cher les pigeons de faire leur nid.* Adrienne éclatait de rire, secouant son épaule creuse.

Non, Boris n'était pas allé au vernissage. Ce jour-là, il avait écopé de charrier des chaudrons chez Kunel et Mario. Bien obligé. Depuis une semaine, Boris et la

Dolce n'avaient plus de poêle ; le type des Meubles et Meubles Usagés avait fait une bonne affaire. Il avait d'abord prétendu qu'il pouvait réparer la cuisinière puis, soudainement, il avait prononcé le verdict, *fonctionne plus ce poêle-là, j'en donne rien.*
Stupeur et procrastination.
La Dolce insistait :
— Au téléphone, vous m'aviez dit que vous m'en donneriez quarante piastres.
— Rien, j'en donne rien, répétait le bonhomme.
Vieux filou, se disait Boris.
— Bon, emportez-le.
Le représentant de Meubles et Meubles Usagés ne se l'est pas fait dire deux fois. En fait, le poêle fonctionnait encore très bien. Le problème de feu se situait ailleurs. L'oncle Sim avait ri au nez de la Dolce en vérifiant l'électricité de la maison, *c'est juste le fusible qui a sauté,* ajouta-t-il en refermant le panneau électrique. *Si tu étais venu avant, ça ne serait pas arrivé,* gronda la Moukère, qui l'avait convoqué pour qu'il règle le problème. Pour reprendre contenance, le tio avait accusé Boris, *tu as déplacé le poêle ?* Surpris, Boris avait fait oui de la tête, *oui.* Lek s'était fâché et avait apostrophé le tio, *ouais, Boris et moi, on a déplacé ce putain de poêle. Et puis après ?* Ils avaient déplacé ce putain de poêle et lavé ces putains de murs. *On a voulu lui faire une surprise,* termina Lek en soutenant le regard du tio. Vieux con, se disait-il. La Dolce voulait repeindre la cuisine avant de partir à Maracanar. Elle ne se décidait pas.
— Pourquoi ? demande Lysbeth.
— À cause des graffitis. Des belles phrases écrites sur les murs et sur les portes d'armoires, murmure Boris.
Ah, tu as décidé de peindre la cuisine ? continuait Sim en contemplant la pièce. Les mains dans les poches, il lisait les graffitis à haute voix, *si un jour tu te retrouves dans la toilette des femmes aux Foufounes électriques,*

œuf à la coque rouge... Il se tourna vers la Dolce. *Vas-tu peindre autour des graffitis? Autour? Ça ne se fait pas avec les graffitis. Ça va paraître,* observa le tio, *ça reste longtemps.*

— Qu'est-ce que ça peut te faire? On peut écrire sur les murs et...

L'oncle Sim l'avait interrompue, *hé, y a un vernissage pas loin d'ici?*

L'encre de Chine, c'est indélébile, avait affirmé l'artiste Fauché, l'as des graffitis. *Explique-moi pourquoi tu trouves ça débile,* lui avait demandé Lek. Fauché avait reculé d'un pas pour relire les phrases qu'il venait de tracer à grands coups de crayons-feutres. Il avait éclaté de rire, un long rire de pissenlit lâchant une traînée de parachutes duveteux quand le soleil chatouille. Fauché avait tapé sur l'épaule de Lek, *j't'aime, toé.* Lek l'avait soulevé de terre et hissé jusqu'aux armoires afin qu'il puisse écrire d'autres graffitis. La Dolce battait des mains, Boris était ravi, *enfin des mots sur les murs, enfin.* Il n'en revenait pas. Des mots dans le décor. De la couleur. Il aurait embrassé la Dolce, il aurait embrassé Lek, il aurait embrassé Fauché, tiens.

La Dolce n'allait pas au vernissage. Poêle ou pas, il fallait préparer le souper. *Allez, ouste, aux macaronis!* Boris monta chez Mario et Kunel. Le tio ne comprenait pas, la Dolce bafouilla que Lek prenait l'avion lundi, que l'anniversaire de Kunel tombait dimanche, et répéta, *on prépare un souper, question de dire au revoir à Lek et de fêter Kunel.* Enfin le tio était parti en grommelant qu'il leur dégotterait un poêle.

Quelle journée! Souhaitons que la Mazda tienne le coup, dit la Dolce en prenant son panier rouge. *Mais oui,* assuraient Fauché et Lek. Ils iraient chercher la bagnole au garage pendant qu'elle irait aux provisions.

Manque de pot, la Mazda était retombée en panne cinq coins de rue après sa sortie du garage, juste en face du poste de pompiers. Rien à faire. Selon Lek, le feu était mort. En refermant le capot, il dit à la Dolce, *appelle Geronimo*. Elle sortit les emplettes de l'auto et s'apprêtait à remonter à pied. *De toute façon*, avait-elle dit à Lek, *je dois l'appeler pour l'inviter à souper. Chouette*, avait répliqué Lek en l'embrassant. Lek aimait bien Geronimo. *Demande-lui s'il peut venir nous pousser avec sa bagnole jusqu'en haut de la côte.*

— J'vais d'abord engueuler le garagiste, avait dit la Dolce en fonçant dans une pizzeria pour donner un coup de fil.

Le garagiste s'en sacrait comme de sa première chemise. Il répondait par des syllabes, *c'est samedi, madame, on ne peut pas rien faire. Les gars sont partis.*

Il était trois heures de l'après-midi.

Ça va mal, gémit-elle en raccrochant bruyamment.

La sirène des pompiers hululait, le camion rouge allait sortir et la Mazda bloquait le chemin. Le chef du restaurant étirait une pâte à pizza dans les airs. Fauché et Lek eurent juste le temps de pousser la bagnole hors du chemin. L'heure passait, non, rien n'avançait. Appeler Geronimo, faire cuire les macaronis, demander à la Moukère de me prêter son grand bol à salade, pouffait la Dolce en remontant la côte abrupte de la neuvième.

Aussitôt rentrée, elle donna un coup de fil chez Lysbeth, *Allô, Geronimo? Venez-vous souper avec nous ce soir?*

— Moé, j'irai pas. Ça ne me tente pas, avait répondu Geronimo.

Ah, bon.

Deux minutes plus tard, Lysbeth rappelait. *Allô, j'vais y aller, moi, avec les enfants. Geronimo ne vient toujours pas? Non, pas Geronimo.*

Geronimo, maudit sauvage.

L'eau devait commencer à bouillir chez Kunel et Mario. Boris entra. Il avait oublié les couvercles des chaudrons. *Ajoute trois tasses de macaronis, les enfants n'aiment pas la fondue bourguignonne,* avait dit tristement la Dolce à Boris avant de monter chez la Moukère. *Où est l'auto?* lui demanda la Moukère. *M'en parle pas. Soixante-quinze dollars au diable. Tu n'as qu'à arrêter ton chèque!* dit la Moukère en sortant un grand bol à salade. Celle-là, où a-t-elle la tête, se dit la Dolce. On est samedi, j'peux pas arrêter mon chèque...

— ... et puis j'ai des macaronis sur le feu.

— Où ça? fit la Moukère, surprise.

— À côté, chez Kunel. Boris s'en occupe. Je n'ai pas le temps de t'expliquer. Il n'y a rien de prêt et les copains vont bientôt arriver.

— Comme ça, tu ne vas pas au vernissage? lui demanda la Moukère.

Tiens, elle aussi, se dit la Dolce.

— Ben, oui, il faut encourager les artistes.

Ah, tiens donc.

La Moukère ajouta que Charlie boy aussi y allait. Qu'est-ce qu'ils avaient tous avec ce vernissage? Sa mère continuait, *d'après moi, Fisher n'exposera pas long-temps, il doit déménager au plus vite. Ben, c'est ça,* répondit la Dolce, *qu'il déménage donc. Je dois partir, je vais passer par en arrière, merci pour le bol à salade.*

Ouf, elle descendit l'escalier en métal. Les bouddhistes s'exhibaient dans leur cour. Ils faisaient de la peinture, eux aussi, au soleil comme des petits n'enfants. Tu parles. Création, méditation. Aux premiers jours du printemps, ils avaient sorti leur divan futon et l'avaient planté dans la neige encore haute de quatre pieds et ils prenaient des bains de soleil. *C'est comme ça qu'il faut faire.* Ordures. La neige fondue, ils avaient rentré le divan et, depuis, ils continuaient à prendre le soleil en parlant au téléphone. On sait tout de leur vie même si on ne veut pas le savoir.

L'été que je ne vais pas passer, avec ces cons-là, pensait la Dolce. Avant l'arrivée des bouddhistes, il y avait eu Joe, un drôle de zig, qui élevait des pitbulls dans la cour. La merde s'entassait. Quatre, il y avait quatre de ces grosses bébêtes. Un des chiens n'avait que trois pattes. C'était l'attraction de la rue. Ça coûtait une piasse pour voir le chien à trois pattes. *Christou, j'devrais faire payer deux piasses à tous ceux qui regardent ma phlébite, hein ?* disait Adrienne.

L'été précédent, Joe avait décampé avec toute sa gang. Il avait déménagé en trois jours, parce que du stock, il y en avait dans la cabane. À quoi ça lui sert d'avoir trois stéréos ? se demandait Adrienne en voyant Joe le routier sortir la série de stéréos et la douzaine de vélos qu'il empilait dans le fardier d'une compagnie d'oxygène liquide. Ensuite, Carlos était arrivé. Carlos Yarolitinskaya avait acheté le bloc au complet. *C'est ben normal,* disait Adrienne, *c'est un fils d'immigrant. Avec un y.*

Y, comme y en a marre d'épeler mon nom. Un nom à coucher dehors, un nom barbare, une racine carrée difficile à extraire, ça mange quoi en hiver, une formule magique, une marque de piano. Carlos en avait entendu de belles au sujet de son patronyme, *maintenant le gérant de banque, il écrit mon nom correctement, du premier coup.* Boris trouve que Carlos a de la chance.

— Quoi ? Toi aussi ? fait la Dolce.

— Assis-toi, dit Carlos déjà installé devant l'échiquier.

En un clin d'œil, Boris voit où en est la partie d'échecs. *Oh, une ouverture à la sicilienne,* siffle-t-il. *Les patrons, ils essaient tous de m'intimider en niaisant avec mon nom. Il y a beaucoup de gens comme ça,* glisse la Dolce. En fait, garder son nom intact, c'est vouloir faire à sa tête. C'est bien de cela qu'il s'agit. Quand on fait à sa tête, on n'a pas de patron. *T'es ben gentille, t'es ben belle, t'as ben du talent. Pis, avec le nom que t'as... Allez, tu vas te débrouiller. Va. Va.*

Carlos rigole. Il aime bien la Dolce.

Go with the wind, dit-il. La nouvelle forme de publicité pour la vieille gaine à bon marché qui maintient la paire des inséparables ségrégation-racisme. *Mon cul,* frime la Dolce en ressortant. Boris trouve ces emmerdes futiles, mais gênantes, collantes comme une crotte de nez dont on ne parvient pas à se débarrasser en public. La ségrégation a des bas de nylon à gousset protecteur, une couche superabsorbante maxi mince contre les fuites dangereuses du sang qui ose couler dans vos veines.

Tas de couillons.

C'est ce que pense Adrienne. *J'ai le dos large,* dit-elle souvent en regardant sa jambe, *la misère n'est plus noire.*

O.K., assez, assez, gronde Labine en faisant le geste de freiner avec sa main. *Les freins, pompe les freins!* crie-t-il à la Dolce. Elle pompe, appuyant à fond, un grand coup, *hin,* sur la pédale. *C'est-tu correct de même?* bafouille-t-elle, la bouche pleine. Il ne lui répond pas tout de suite. *Encore,* crie Labine. *Encore. Encore. Wô. C'est beau.*

La belle jument, pense Carlos en se laissant manger un pion. Attention, pas n'importe laquelle. *Ta,* fait Boris, contrarié de manger le pion.

Dans l'auto, la Dolce interrompt sa dégustation de salade. Trop, c'est trop. Il y a du fromage à la crème partout sur le volant, et Labine commence à l'énerver sérieusement. *Attends, attends, ça va marcher,* gueule Labine en dévissant le papillon du filtre à air. *Je man-ge,* proteste la Dolce. *Tu peux pas faire les deux choses en même temps?* crie Labine.

Il ne lui laisse pas le temps de répondre. Il dit, sur le ton de la solution apportée avant de souffrir du problème, *quand tu conduis un char, tu lâches pas les pédales parce que tu bois un café?*

Il la prend pour une gourde. Ça va chauffer, se dit Boris. La portière claque. *Olé,* murmure Carlos.

C'est-y possible que tu me prennes pour une gourde? fait la Dolce en trépignant. Elle croise les bras. Déteste piétiner sur le trottoir comme une bonne. Lui, ça fait une heure qu'il joue sous le capot. *Pour une quoi ?* Labine tapote sa cigarette, allègre de sentir qu'il est sur le point d'apprendre un autre mot qui veut dire sotte, niaiseuse, conne, crétine, pouffiasse, plotte. Il hoche la tête. *Non.* Il fait stop, avec sa main. *Non, quoi ?* gueule la Dolce.

— Plotte, explique-t-il, plotte, ça veut pas dire niaiseuse.

— Qu'est-ce que ça veut dire d'abord ?

Labine réfléchit. *Une fille. Une blonde,* glisse-t-il, *tu le sais ben, ce que je veux dire. Ouais.* Il se gratte l'oreille. *Bon, j'vas aller souper, là, m'a arranger le reste demain,* conclut-il. Il abaisse le capot comme un couvercle de petite valise, les fourchettes, pis les couteaux, pis la vaisselle pêle-mêle sous le capot. Les tournevis, les pinces, les clés à molette, les clés Allen, la dix, la douze, *la guenille s'il vous plaît, passe-moé la guenille, j'ai les doigts plein de graisse, m'a toutte te tacher,* les chapeaux distributeurs qui ne font pas d'étincelles bleues, des jaunes, oui, de quoi souffre le moteur, docteur ? Bref, il range tous les outils qui ont servi durant la séance de rafistolage, sans oublier les deux marteaux, les vis en surplus, ça marche quand même, même s'il manque trois écrous, deux tournevis et le filtre à air. *Je ne sais vraiment pas où tu l'as mis,* dit la Dolce d'un air bourru.

Soudain un crac, un coup de vent et la fraîcheur. À quarante degrés, le pétillement du ciel, un rythme affectueux, une pointe de douceur, du bonbon acidulé sur la peau. *La grêle,* dit Carlos. *Merde, mes piments,* gémit la Moukère, *ils vont tous crever. Ça valait bien la peine de mettre des bols de bière dans le jardin pour noyer les limaces.* La grêle roule, des billes de naphtaline, un petit peuple d'extra-terrestres. Courir. Bondir. Rouler sur l'asphalte. Labine fonce chez Carlos, l'écume aux lèvres, et apostrophe Boris :

— Où cé que tu l'as mis, le filtre à air ?

Moi ? Moi ? bégaie Boris en se pointant du doigt, *c'est à moi que tu parles ?* Il regarde derrière lui, devant lui, à côté de lui. Carlos est allé fermer la porte. Le vent se lève, il fait signe à la Dolce d'entrer. Elle s'est réfugiée dans l'auto. Elle suce une feuille de laitue en le regardant à travers le pare-brise. Elle a mis sa main sur sa bouche, les feuilles de laitue frisée, les cheveux de Kunel, le fromage blanc, la cervel... Ça manque de goût, ça manque d'ail. C'est si bon pour le cœur. Buter sur l'horreur.

Stef est entré à son tour s'abriter chez Carlos. Ça dégringolait, la pluie tombait dru. Stef n'avait pas hésité, car il transportait son carton à dessin. *C'est l'hésitation qui fait tous les malheurs du monde. Et pouis, mes frères, Kunel, lui au moins, il n'a pas hésité, il a fait ce qu'il fallait qu'il fasse, c'est son choix, au moins est-il heureux qu'il ait eu ce choix.*

Labine se calme. O.K., Stef, alias le bouddhiste. *Kunel marchait à côté des rails,* conclut Stef.

Pas possible, se dit Boris, qui ressent un léger mal de cœur. Qu'est-ce qu'elle fout, la Dolce ? Carlos ne revient pas. C'est à lui de jouer. Il soupire, l'impatience le gagne en entendant Stef débiter sa philosophie désuète sur la contemplation en s'inspirant du jeu d'échecs, *question suicide, pas un pape n'accepterait l'idée, ça a coûté trop cher à l'Église d'édifier des stades sur la bêtise.* Stef s'enflamme, *je parle de stades, hein, pas des cathédrales.* Il essuie son carton à dessin avec la guenille de Labine, qui l'écoute bouche bée. *Les cathédrales, ça s'édifie sur l'estomac des gens. Ça, c'est pas Napoléon qui le dit, c'est bibi,* crâne le dessinateur.

Comment ça s'écrit ton nom ? lui demande Labine. Stef se présente comme un habitué des buffets Wong. Les mets chinois, vive les mets chinois. Marco Polo mérite une couronne pour les spaghettis qu'il a ramenés de Chine.

Carlos rentre, suivi de la Dolce. Elle a l'air bête.
Labine poursuit d'un air méfiant :
— C'est le père Polo qui a ramené les spaghettis
icitte, au Québec ? Ça fait-tu longtemps de tsa ? demande-
t-il à la Dolce.

Il calcule depuis combien d'années il mange du
spaghett, constate que c'est immémorial, et que non seulement il en a mangé toute sa vie, mais récemment
encore plus ; bref, Labine veut savoir s'il y a un lien entre
des affaires qui viennent de l'étranger et sa double ration
quotidienne de pâtes.

C'est une vieille histoire qui s'est passée en Italie,
répond la Dolce. Carlos se met à égrener du hachisch à la
demande de Stef. *Vraiment loin d'ici,* fait la Dolce. Elle
est dans la lune. Les yeux fixes, elle répète, *c'est loin,
inaccessible, même avec ton bolide.*

Chu pas fou, réplique Labine, outré. *J'le sais qu'on
se rend pas en Italie avec mon char.* Il se racle la gorge.
*En attendant, si t'as cinq piasses pour le gaz, on pourrait
se rendre avec mon char à la cour à scrap. Demain.*

— Demain, soupire la Dolce.

Carlos, Boris et Stef font semblant de ne pas écouter,
mais ils ne perdent pas un mot de la conversation.
Décidément, Labine a de la suite dans les idées.

— Dans l'après-midi, précise Labine.

On verra demain, disait toujours Lek. Où est-ce qu'il
est celui-là ? La Dolce s'arrache la tête, qu'elle n'a plus
toute à elle-même. Elle se tournicote le corps sur la
chaise, les cheveux gras, les mains sur le visage, pas de
souliers pour l'été, plus moyen de s'asseoir tranquille,
pognée en dedans, en dedans, en dedans, le téléphone à
côté d'elle, gros comme un crocodile dans la maison.
Elle aime autant pas y penser. Chuchotements au-dessus,
à côté, en avant, en arrière. *C'est effrayant, ben effrayant.*
Les gens nous cernent lorsqu'ils nous désertent.

— Tiens, dit Carlos en lui tendant le pétard.

Fume les yeux rivés sur le jeu d'échecs. Fumée bleue calmante. Les yeux sur les mains de Carlos. *Fume, fume, on n'est pas aux Indes,* dit Labine. La Dolce ne se dépêche pas. *J'ai tout mon temps,* dit-elle en aspirant le jingabou. Boris a le motton dans la gorge, ça devient de plus en plus difficile de résister. *Quand t'es en dedans, tsé, y a rien qui ressemble à ce qui se passe en dehors,* fait Carlos en reprenant la partie. **Les choses résistent.** C'est gravé à coups de machette dans le grand gyproc accroché au mur faisant face au piano. *C'est tout ce qui reste à déménager,* dit Carlos en parlant de l'appartement d'à côté. Boris fait oui de la tête. Il voit à travers les murs. Le piano regarde le gyproc. Le gyproc regarde le piano. Puis, la Dolce, entre les deux, et lui Boris, il les regarde se regarder. Un arbitre. Ping et pong. Les gens oublient, rayent de la carte que tu l'as fait parce que tu étais malheureux au bord de ta tombe.

C'est pire d'être oublié de proche que de loin, philosophe la Dolce. Elle pense à Lek, son amour à distance. Miroir. Boris a beau se regarder dans le miroir chaque matin, il a toujours envie d'aller voir ce qui se cache derrière, comme fait la Poupounette, la petite chatte noire de Lek. L'homme qui bouge dans la glace lui ressemble. L'ombre bouge, trop pareille pour être lui. La même lenteur, la même vitesse.

Il se tourne vers Stef. Le dessinateur a sorti une feuille et il a commencé son portrait ; il essaie le triste. Dans les yeux de Stef, il y a toujours cette lumière qui le devance comme une lanterne. *Tu dois cultiver une certitude,* lui dit Boris. Stef hoche la tête.

Hare Krishna! se moque Carlos. Système carcéral des abeilles lovées dans la cire. Vivants. Retournez au sein de votre incubateur, mais retournez-y tout seul encore une fois sans votre mère. *À ma chère maman.*

La Dolce effleure le tatouage de Labine. Stef proteste. Selon lui, il est un mot qu'il ne faut pas prononcer. *Lequel?* demande Carlos, fâché. Il est chez lui, après tout.

Celui du malheur.

Il ne faut pas en parler, dit Stef. *T'es drôle*, fait Labine, nerveux. Demain, les poules ne pondront plus. Demain, elles n'auront plus de dents. Mais tout va bien, mon capitaine. *Il faut que tout soit beau. Il faut que tout soit propre*, répète la Dolce. C'est propre. Le gyproc regarde le piano. Et le piano regarde le gyproc. Elle a presque fini de vider l'appartement, *après ça, on ne reviendra plus jamais ici*, dit-elle à Carlos. Boris frémit.

À côté, au deuxième, Labine avait pris l'appartement de Kunel et de Mario. Fini. Vidé.

— Il faut fêter ça, dit Carlos en posant la main sur l'épaule de la Dolce, qui sort de sa poche une feuille de papier à peine froissée.

Une lettre de Kunel retrouvée à côté du lit. La dernière. Une lettre à un directeur de compagnie maritime. Les coques des navires dégelaient dans le port, le onze avril mil neuf cent quatre-vingt-sept. *Qu'est-ce qu'une date? Dites-moi, qu'est-ce qu'une date?*

C'est important de le savoir quand té sur le ring, ben important, explique Labine doucement. Il imite son instructeur de boxe en sautillant, *awaye, dis-moé quelle date qu'on est aujourd'hui*. L'instructeur de boxe tapote la joue de Labine. *Comment s'appelle celui contre qui tu combats aujourd'hui. Où cé qu'on est? Hein, Labine? Où cé qu'on est?* Il ajoute, *y te pose toutes sortes de questions de même. Cé comme ça qu'il peut savoir si té pas trop sonné, si t'as pas un caillot qui risque de te laisser sur le carreau. Tiens, j'en ai un de caillot, moé.*

Alliant le geste à la parole, Labine montre sa tête à la Dolce, comme si elle pouvait voir le caillot à travers ses cheveux.

Dingue, se dit Boris. Carlos se cure les dents. La Dolce a l'air de croire Labine qui répète, *c'est vrai, tsé, c'est vrai.*

Multipliez par un le nombre de personnes qui disent, *c'est vrai*, dans une journée, pense Boris. L'espace se remplit de bestioles terrifiées qui sortent des bouches et viennent s'agripper à vos cheveux, s'y réfugier. Échapper à la vision qu'elles subissent. Si les esprits sont terrifiants, c'est qu'ils sont terrifiés. *Qu'est-ce que tu as là ?* demande Labine à la Dolce en désignant un point rouge dans son cou. *C'est ma chauve-souris, elle m'a mordue,* souffle-t-elle. La nuit, elle se réfugie sous son oreille et enfonce légèrement ses petites griffes dans son lobe. Elle se pend à son anneau d'argent. L'anneau d'argent que lui a donné Lek. Affectueuse. Agréable, la chauve-souris. *Ça bouffe les parasites,* admet Labine.

Incroyable, se dit Boris.

C'est vrai, reprend la Dolce en caressant le tatouage de Labine. *La chauve-souris est l'animal le plus utile à l'homme,* ajoute Labine en s'éclaircissant la voix. *Comme la plupart des nocturnes,* rigole la Dolce. *Oh, oh,* fait Carlos. La Dolce raconte qu'elle a rapporté la chauve-souris d'un voyage. Première envolée. L'avion était rempli à craquer. La chauve-souris a surgi dès que les lumières furent éteintes. Seules les veilleuses demeuraient allumées ici et là, éclairant les cheveux et le menton des lecteurs passionnés de revues d'aviation. La chauve-souris sortit de sa cachette et fila jusqu'à la cabine de pilotage, **directo**, sans rien heurter, effectuant une trajectoire parfaite. Le long des hublots, qui lui signalaient par ici, par ici. La paroi était bouchée au bout de cette cabane volante. Pas grave. La chauve-souris en avait vu d'autres. Elle fit un virage en broche à cheveux et traversa l'avion comme une flèche.

Il y a toujours un boutte à toutte.

Telle est la devise des chauves-souris. Au bout de l'avion, les toilettes, encastrées de façon à tromper le radar le plus averti. La caverne se rétrécissait trop pour que l'issue fût intéressante. Les chauves-souris ne ratent jamais leur coup. Il ne faut aucun obstacle pour s'en sortir. Les passagers paniquaient. Double saut périlleux, un looping, la chauve-souris pencha le bout d'une arête et oscilla à droite, ricochet, retour sur cent mètres, à gauche, vers le troisième hublot à partir d'en arrière et elle repartit de plus belle, **avanti**, traçant plusieurs signes de croix à toute vitesse au-dessus des passagers qui se levaient, s'asseyaient, se relevaient, transis de peur. Je la cherchais des yeux. Quand la chauve-souris est venue se réfugier, s'accrocher à mon oreille gauche, je ne l'ai dit à personne. Le petit cœur battait si vite contre mon oreille, sous la fourrure grise, douce comme une queue de lapin. De celles qui portent bonheur aux clés. Au rétroviseur. À toutes ces choses. Que l'on donne aux enfants pour leur faire plaisir. Personne ne s'en est rendu compte, pas même à la sortie de l'avion. Si j'étais terroriste, c'est d'ailleurs à ce moment-là que j'agirais. Les portes s'ouvrent, tout le monde est debout, les uns coincés contre les autres, harassés mais heureux. Personne n'aurait été stressé pendant tout le voyage, en particulier celui ou celle qui veut terroriser. Essayez donc de terroriser deux cent cinquante personnes pendant six heures de vol. Vous serez dans le même état que les passagers en arrivant au sol. Éreinté, obsédé par l'idée de prendre une bonne douche et de faire un bon gros dodo pour récupérer du décalage horaire.

Si vous attendez en sirotant votre verre tranquillement, si vous prenez le temps de discuter avec les gens autour de vous, de flirter avec la jolie demoiselle qui semble triste sous ses écouteurs, et de jaser avec ce couple de professeurs, elle qui frissonne parce que *ça se rafraîchit dans l'avion*, et lui, vous demandant *avez-vous aimé votre séjour ?* À votre grande surprise, la conversation s'amorce et, peu à peu, il est question de révolution, de mobilisation, de faire cesser toute cette boucherie, et d'égorger les vrais coupables. *Les gouvernements, oui, monsieur, ce sont nos chefs qui sont les vrais tortion-*

naires, n'êtes-vous pas d'accord avec moi, vous qui êtes jeune et qui semblez si intelligent, dirait le vieux professeur. La jeune fille qui, à ce moment-là, serait en train de se lever pour aller aux toilettes, laissant son baladeur sur le siège, dirait en se retournant *mais non, ça ne se passera pas comme ça, même Michael Jackson est d'accord pour chanter la Marseillaise.*

— Et Reagan ? lui lanceriez-vous. Qu'est-ce que vous en faites ?

Les yeux agrandis de surprise, la jeune fille s'appuierait sur le dossier de votre siège et vous demanderait :

— Vous ne savez pas la dernière nouvelle ? Reagan retourne au cinéma !

Imaginez que ça se poursuive comme ça tout le long du voyage. Multipliez par deux cent cinquante. À la fin, personne ne s'opposerait à demeurer dans l'avion jusqu'à ce que les autorités vous donnent ce qui n'est pas la mer à boire. La libération de votre frère et deux billets gratis pour une destination où personne ne vous connaît, la paix du touriste, quoi. Les terroristes ont souvent besoin d'évasion. Et les chauves-souris sont prêtes à tout pour immigrer. La Dolce avait passé haut la main les douanes avec sa passagère clandestine, sans même faire étamper son passeport sous le regard acide du préposé au tampon.

C'est vrai. Boris s'en souvient. Elle rentrait de France où Lek passait l'été à faire les moissons chez son vieux, Émile. Il y avait un bal le soir même de son retour. À l'aéroport, les camarades l'attendaient. Et hop, ils étaient là. L'oncle Sim, la cinquantaine, les yeux noirs perçants, la cigarette au bec, les mains enfouies dans ses poches, secouant de la petite monnaie. Stef, la trentaine, athlétique, les cheveux blonds repoussés en arrière à la Ivanovitch, myope, le cou étiré, et le grand Turc, six pieds et quatre, Kunel, méconnaissable. Le crâne rasé. Kunel. Tes beaux cheveux.

T'as des bibittes ? avait demandé la Moukère à Kunel. *Des squames,* avait-il précisé avec hauteur. *Pour moi, celui-là, il fait du chapeau,* avait marmonné la Moukère en continuant à sarcler ses piments.

Au bal, la Dolce avait fait la folle. Ils étaient vingt à une table réunissant une brochette culturelle. Deux heures plus tard, elle avait fait fuir tout le monde à coups de sarcasmes. Faut le faire, s'était dit Boris en apprenant comment s'était déroulée la soirée. Heureusement, un fou était venu briser le show de poésie en gueulant sur scène.

— Vos gueules ! Coluche est mort ! avait vociféré l'olibrius en arrachant le micro des mains de l'animatrice. Cela avait créé un léger brouhaha parmi le public.

La Dolce s'était esclaffée. *Coluche est mort sur sa moto. C'est louche,* avait dit Lek au téléphone d'une voix chevrotante. Plus six. Décalage horaire. À peu près en même temps que les agences de presse, Lek avait téléphoné de France pour transmettre la nouvelle à la Dolce, peut-être aussi pour lui dire *je t'aime. Je vais au bal, ce soir,* avait-elle répondu. *C'est bien, ça va te faire du bien,* avait répété Lek. Elle aurait brûlé le téléphone et les satellites. La lune était haute, et pleine. Solstice d'été. Au bal, elle avait heureusement rencontré Fauché qui capotait. Il voulait téléphoner à tout prix à sa dulcinée. *Elle a de tout petits pieds et elle boite,*

— ... et elle n'arrive toujours pas !

Nerveux au maximum, les doigts agités, Fauché n'arrivait pas à faire un interurbain du **Club Soda**. *Ça n'a pas de sens,* répétait-il. La téléphoniste lui jurait que c'était un interurbain. *Ça ne se peut pas,* hurlait Fauché, *c'est à côté de Montréal !* La Dolce et lui avaient raclé des trente sous. Rien de mieux à faire. Ils s'emmerdaient à mourir. Il faisait chaud et collant. Un soir sur mesure pour faire l'amour, pour fêter, pour se réjouir, mais ça ne démarrait pas, ni pour Fauché ni pour elle. Leur amour était loin. La brûlure de l'amour à distance. Regarde d'un bord, regarde de l'autre. Fauché vidait les fonds de verre. *Ah, ben, si c'est pas... Ah, bonjour, vous.* Ils rageaient de voir des têtes qui ne leur revenaient pas. Soudain, l'orchestre attaqua un tango, une main agrippa la Dolce par le poignet. Prince noir, grisé mais fort sur ses jambes, ivre depuis le jour où il avait perdu un manuscrit de quatre cents pages, **La Nuit sur le beffroi,** dans un autobus de la S.T.C.U.M.. Puis Luigi, un tapeur de bourgeois, avait dansé avec elle pour faire chier une donzelle qu'il courtisait et qui le niaisait. D'accord, Luigi, on va lui jouer un tour. Ensuite, des bras de femme avaient enlacé la Dolce. Au grand dam des spectateurs. Que veux-tu, c'était ambigu de danser avec une femme. L'orchestre, un quatuor, avait exigé que les gens s'asseyent et **écoutent.** La tête lui tournait. Elle avait supplié Kunel, *viens danser avec moi, Kunel, dis, tu viens. Non. Non. Pas question de danser ici. Pas de tango, surtout pas de tango.* Tu parles, c'était bien la première fois. Il loupait l'occasion d'avoir l'air fou devant tout le monde. Luigi avait soufflé à l'oreille de Kunel la belle phrase de Péloquin, question de le dérider, *vaut mieux passer pour fou que de passer tout droit.* Rien à faire. Kunel venait de remporter le concours de poésie avec **Snack bardasse.**

En mettant les pieds au **Club Soda,** Kunel avait dit, *je ne participe pas.*

— Qu'est-ce qu'il y a encore, avait soupiré la Dolce. Tu rêvais d'y participer.

— Si je participe, c'est pour gagner, puis je ne gagnerai pas.

— Ouais, mais si tu ne participes pas, tu ne gagneras pas.

Snack bardasse, mesdames et messieurs, Snack bardasse.

Dans les entrefaites qui
suggèrent la frite
peu de moules suffisent
à l'esto Mac Donald
Puits des misères
À cinquante cents
l'éthiopique version
du snack bar
prends les armes
et commande une pizza
j'ai mal à la tête
fromagée et pâté de cognac
j'ai le cerveau en compote
de pommes et trou normand
je n'en crois pas mes oreilles
de truies confites à la romaine
un délice
s'il en reste
je mange froid
vive la faim
assouvie

Et il avait gagné. Ça ne valait pas une danse, ça?
Où est la Dolce? avait demandé Boris à Kunel après lui avoir donné une poignée de main. Il venait tout juste d'arriver. La fête était à son paroxysme. *Je l'ai envoyée promener,* avait répondu Kunel. La Dolce avait fait un bras d'honneur à l'orchestre et avait décidé de rentrer par les ruelles. Les ruelles, la nuit. Pas d'autos qui vous aveuglent de plein fouet ou qui rasent le trottoir. Dans la ruelle, elle voit de loin ce qui se passe, la route est libre. Une rue. Toutes les autos se ressemblent. Éviter les arrêts, les piétons, les cimetières.

Non, elle ne lirait pas **Snack bardasse** à l'église, et elle n'irait pas au, pas au... Le paternel de Kunel avait complété la phrase, *pas au cimetière.* La Dolce en avait marre de l'interrogatoire. Deuxième question du paternel de Kunel :

— Combien d'argent reste-t-il dans son compte en banque ?
Plaît-il ?
Tu dois savoir combien il reste dans son compte en banque. Il a travaillé tout le mois de mars. Oui, répondit-elle. *Kunel a travaillé au Salon, pour une exposition, il a travaillé de nuit pendant un mois, mais...*
Il est mort de faim, faillit-elle hurler.
Boris pensait, ça y est, le paternel n'a pas d'argent pour enterrer Kunel. Ça arrive à tout le monde de manquer de liquide, même à ceux qui ont des maisons bourgeoises au bord d'un lac. *Il a travaillé de nuit,* répéta la Dolce. *Faudra vérifier ça,* dit le paternel.
Vérifier, vérifier. Facile à dire. Facile à demander.

— O.K., Mario. On va aller vérifier. On y va, mais pas plus que cinq minutes. Regarde. Il est dix heures moins cinq. À dix heures pile, il faut qu'on soit ressortis de là. T'as aucune idée où il l'aurait mis, son maudit carnet de banque ?
Mario hochait la tête. Aucune idée. N'en savait rien. D'habitude, il savait tout. Mais là, il ne savait rien. Boris et lui étaient montés à côté. En plein jour, sans faire de bruit, comme des voleurs. Pénible de se faire guetter par des fenêtres fermées. Boris poussa la porte. Quand allaient-ils finir de retourner dans cet appartement de malheur ? On dirait qu'ils aiment ça. Les objets leur sautaient à la face, ils avançaient dans l'appartement, la peau du crâne frissonnante, les oreilles tremblantes, la vessie pleine, une battue à travers les feuilles éparses étalées sur le lit, leurs doigts frôlaient les vêtements élimés, retournaient les poches des vieilles culottes de l'armée, oh, ce maudit vert kaki, trouvaient des bouts de crayons de couleur, tiens, sa plume en argent. Sur le pouf africain au cuir odorant, à la peau violacée et ocre, une méthode d'algèbre et de physique appliquée, un cours par correspon-

dance sur l'électricité, cent pour cent partout, et la note du prof qui avait écrit en rouge félicitations ! ! ! Va donc trouver un carnet de ban... ah, tiens, une autre lettre adressée au directeur d'une compagnie maritime, une en français, une en anglais. Sir. Sire. Être bien compris dans les deux langues. Un sac de biscuits au chocolat. Boris agita le sac. Vide. Des miettes. Bon. Sur un rayon de la bibliothèque, une liasse d'annonces, poésie-gyproc, spectacle en direct. Ah, oui, Boris s'en souvenait, lui et Kunel collaient les affiches à la chaîne sur tous les poteaux, les murs, les clôtures, *Boris, tu surveilles, je colle*, décidait Kunel. D'accord. Boris surveillait. Kunel badigeonnait les affiches, les plaquait, flip, flap, *ça y est*, et ainsi de suite, sur tout ce qui se tenait debout dans les rues jusqu'à épuisement des stocks. Kunel en aurait collé sur les passants si Boris ne l'avait retenu. Parfois, la trouille. Le temps d'allumer une cigarette, les yeux baissés sur la flamme, il n'avait pas remarqué le char de police qui les frôlait. Heureusement, deux putes retenaient l'attention des flics. *On file,* avait dit Boris. Kunel voulait encore en coller une. *Pourquoi pas sur le char de flics pendant que tu y es.*

La boîte doit être dans le placard, dit Mario, qui ne bougeait pas du corridor. Boris consulta la montre Swatch que Charlie boy lui avait refilée. *Ça fait deux minutes qu'on est ici dedans. O.K., Mario.* Boris enleva la liasse d'affiches et tomba sur le bracelet, il le reconnut. C'était. Bon.

Il glissa le bracelet dans sa poche. Dans le corridor, Mario l'attendait devant la satanée porte de garde-robe. Peur bleue des portes de garde-robe depuis qu'il avait vu ce film où un assassin, tapi dans une garde-robe, épiait par la porte entrouverte, attendant que la belle héroïne soit endormie pour saisir les ciseaux qui brillaient sur la table de chevet. Boris raffolait des films d'horreur. *Tu veux le regarder, le film d'horreur, O.K., tu vas le regar-*

der jusqu'au bout sans te cacher sous les couvertures.
Mario ouvrit la porte du placard, il se tourna vers Boris,
les cheveux dressés sur la tête. Une coupe punk, Mario.
En queue d'écureuil. Sourcils invisibles, yeux globuleux.
— Boris, bégaya-t-il.
Quoi, le serpent à sonnettes en personne était-il lové
dans le placard? Boris s'avança, une sueur acide perla à
ses aisselles, mais non, il s'agissait d'un fusil. *Encore?* se
murmurèrent les deux amis. Le jour du suicide, les policiers avaient pourtant emporté l'arme, ils emportent
toujours l'arme. Reprenant courage, Boris tâta le fusil
enveloppé dans un sac Glad. Un sac content. Déposé
contre la boîte de papiers administratifs de Kunel. C'est
comme ça que son paternel avait parlé de cette boîte. *Sa
boîte de papiers administratifs.* Boris prit le sac comme
on soulève un rat mort. Il le porta loin de la vue de Mario.
Ne regarde pas. Il le plaça à côté des poubelles, dans la
cuisine. *On ne peut pas laisser ça là,* dit Mario. *C'est
dangereux. Dangereux pour qui?* Hoquet cynique. Boris
entrouvrit le sac. Ce n'était qu'une crosse de rechange.
Enfant de salaud.
Il regardait Mario. Ça faisait cinq minutes qu'ils
étaient là. L'atmosphère, lourde, épaisse comme de la
mélasse au mois de janvier. L'oxygène se raréfiait.
*Awaye, prends la boîte, laisse faire le reste pour aujour-
d'hui. J'veux mes disques,* pleurnicha Mario. *O.K., mais
grouille, grouille.* Mario fonça dans la garde-robe, souleva la boîte. Boris empoignait des disques au passage,
n'importe lesquels, Bartok, Rachmaninov, *grouillez-
vous, grouillez-vous, ça presse,* attrapant au vol des
cossins que Mario voulait ramener, sa brosse à dents, son
dentifrice. *Mon rasoir,* criait-il. *Awaye, on sort!*

Encore un petit coup de pédale.
Surtout, lâche-pas la pédale si ça démarre. Boris
entend la voix de Labine, assourdie par le capot relevé.

Meu non, répond la Dolce au volant. *Je ne la lâcherai pas, la pédale.* Vroum. Patate. Elle l'a lâchée. Labine s'approche de la glace, une clé anglaise à la main. Il se penche vers la Dolce. *Pas grave. L'auto a démarré. C'est ça qui compte.* La ténacité des mécaniciens. *Ça pogne pas avec moi,* continue la Dolce. *Cette fois-ci, j'ai trouvé,* dit Labine. *Onzième édition,* ricane Carlos. *Pas grave,* ajoute la Dolce.
— Pas grave, quoi ? lui demande Labine.
Elle soupire. *Si tu ne découvres pas ce qui cloche avec la bagnole, j'trouverai pas que t'es moche pour autant,* lui dit-elle. *C'est pas ça,* fait Labine d'un air fatigué. Il retourne farfouiller derrière le capot levé comme une voile. Non, il ne s'agit pas d'être bon ou pas. La Dolce est tout simplement contente d'être dehors, prononcer *dewore,* à regarder le mécano se faire bronzer le dos, la tête à l'ombre du capot. *On n'a pas le choix, il va falloir aller à la cour à scrap,* déclare finalement Labine en redressant fièrement la tête.

Le calme d'une cour à scrap après un orage d'été. À l'extérieur de la ville, plus loin que l'est de l'est de la ville, marcher entre les bagnoles enfoncées dans le sable, l'odeur de l'acier chauffé par le soleil, tout en faisant attention aux chiens qui surveillent la camelote. Métier de chien. Et qui ont le poil plein de cambouis. Risques du métier. Des pyramides de batteries, de caps de roues, de silencieux, métal tordu, des boyaux, des, *tiens, le vlà, ton distributeur,* triompherait Labine après avoir visité le ventre de plusieurs minounes.

En dewore de Montréal. La Dolce s'y voyait déjà. *Si tu mets six piasses de gaz dans mon char, j't'emmènerai,* avait dit Labine. Hier, il parlait de cinq piastres. *À ta place, je n'attendrais pas une journée de plus,* avait conseillé Boris à la Dolce. *Je mets six piasses,* a dit la Dolce.

S'en fout. Un service, ça se paye. *Six piasses de gaz, c'est pas ça qui va me faire faire une dépression nerveuse. Contagieux au boutte, la dépression. Tout le monde a ça qui pend au bout du nez,* avait-elle rétorqué à Boris. *Y a rien là,* avait insisté Labine en comptant les six billets. *Tu vas être contente, ta toto va marcher dans pas longtemps. Je serai contente,* répète la Dolce.

Elle sera contente.

Boris sera dans la cuisine chez Mario et Kunel, à faire cuire les macaronis. Kunel et Mario, assis au bout de la table, le dos à la fenêtre. Ce sera une des premières belles journées d'avril. L'été à l'horizon. Les deux camarades seront en train de boire une bière, à discuter, l'air d'avoir réglé quelque chose. Boris sera aux chaudrons. Torrieu de bine. La Dolce rentrera sur la pointe des pieds. *Quelqu'un viendrait-il nous aider à pousser la Mazda?*

— Non, ça ne me tente pas, ricanera Kunel sans même la regarder.

Il posera une devinette à Boris, *ah, Boris, j'ai vu un drapeau, jaune, noir, jaune. Dis-moi, c'est le drapeau de quel pays?*

Boris haussera les épaules, *quel pays, quel pays.*

— Ché pas, moi.

Vogue la galère. Il risquera une réponse, murmurant entre ses dents, *Yougoslavie, c'est le drapeau de la Yougoslavie.*

— Non, ce n'est pas ça, ricanera Kunel.

La Dolce ouvrira la bouche, se taira, le secret, le bateau. Un soir sans lune, elle avait suivi Kunel jusqu'au port. Il prenait par les grandes rues, l'hôtel de ville, la place Jacques-Cartier, fumait une cigarette, la tête en l'air. Il aimait les monuments, les structures. Elle se faufilait derrière la Basilique jusqu'à la rue Saint-Paul, piquait à travers un stationnement bordé de murs lépreux laissant deviner un mur de chambre bleu pastel, un escalier blanc, un palier, en bas-relief. Son cœur battait. Et si elle s'était trompée ? L'air du fleuve gonflait ses cheveux, lorsqu'elle tourna le coin de la rue Saint-Sacrement, une calèche lui fit peur. Le cheval était arrêté, il hennit un coup. Ses yeux luirent sous les œillères. La frousse au cœur, elle dévala jusqu'à la place d'Youville. Bon, elle allait reprendre son souffle devant la colonne érigée aux premiers colons. Elle déchiffra une série de chiffres romains, 1642. Elle reprit sa course jusqu'aux bateaux. Kunel les avait trouvés avant elle. Devant un navire, il rêvait, appuyé à la rampe en métal.

Boris posera le couvercle sur le chaudron et emboîtera le pas à la Dolce, *tu m'avertiras, hein, Kunel, quand l'eau bouillera*. Fauché et Lek seront en bas de la côte, en face de la caserne de pompiers, à essayer de recrinquer la Mazda, à se répéter, *pas grave, Geronimo va venir nous aider tout à l'heure avec sa grosse minoune*. Ils ne compteront plus sur Kunel.

La Dolce prendra le téléphone, *hein, Geronimo ? Si c'est pas trop te demander, juste le temps de pousser l'auto jusqu'en haut de la côte*.

— D'accord. J'vas y aller en allant déposer Lysbeth pis les enfants, mais je ne resterai pas pour le souper.

Ça ne devrait pas lui casser le bras, dira la Dolce à Boris en épluchant des carottes. Elle les râpera avec la râpe magique achetée au stade olympique durant le Salon de l'agriculture. *C'est là que je l'ai connu, le beau Kunel*.

Elle s'étonnera d'être tombée sur lui dans cette foule immense.

Boris sursautera. *Ça fait combien de temps que je suis redescendu de chez Kunel ?* Cinq minutes. La Dolce laissera retomber la râpe et s'essuiera les mains.

L'eau bouillait. Boris prit le bol à salade et remonta chez Kunel. Kunel achevait sa bière. Mario pissait. La porte des toilettes était ouverte. Les chats Azred et Magritte flairaient la boîte de macaronis. Les chats aussi étaient affamés.

Azred ne s'est pas gênée, elle. Elle avait le museau plein de sang quand Mario est rentré dans l'appartement. Il n'a pas compris le signal. Ça sentait le renfermé. Il a foncé vers la cuisine pour ouvrir la fenêtre. Il a remarqué que la porte du salon double était fermée. Un masque en os était suspendu à la poignée. Des gages d'amour, des chaînettes d'argent, des colifichets, reliaient des vertèbres de chevreuil en forme de visage. Mâchoires et orbites. Le masque. Des ossements trouvés dans le bois, au cours d'une expédition de Kunel dans le parc de la Gatineau, mais c'est du blabla, c'est de la littérature, rien que pour dire que la première fille que Kunel avait aimée n'était pas la fée des étoiles.

Son premier amour ne parle qu'anglais et son chum a l'air bête comme ses pieds. Mario ne leur a pas dit grand-chose. Il est allé porter la machette et les beaux canifs de chasse que Kunel avait légués à la première femme qu'il avait aimée. N'avaient-ils pas déserté l'armée ensemble ? Renoncé à la manipulation des armes ? Les fidèles amis. Exécuter les dernières volontés. Faire chier tout le monde. Elle a dit qu'elle ne voulait rien savoir de ça. *Qu'est-ce que tu as fait avec les canifs et la machette ?* demanda Boris à Mario après qu'il lui eut raconté ça. *Je ne me rappelle pas trop. Je pense que j'ai tout laissé sur la table,* répondit-il. Ses yeux faisaient mission accomplie. C'est tout.

Exécution.

Maudite. La femme aimée avait été difficile à trouver. Mario avait pris d'assaut le téléphone. Essayé au chalet de ses parents. À la maison de ses parents. À la ferme de son chum. Personne ne la connaissait. Son nom figurait en tête de la liste de gens que le soldat Kunel avait dressée soigneusement, liste maudite, établie, en première page du testament, rédigé le 3 avril.

C'était quand ça, le 3 avril ? se demande Boris devant le miroir, tout en essayant de crever un bouton blanc sur sa paupière. Le 3 avril, une petite fissure dans le temps, un des rares moments où tout le monde avait le dos tourné. Mario se souvenait d'être allé souper chez une copine. Quand il était rentré, Kunel fumait une pipe. Prokofiev en silence. Mario avait terminé un collage. La Dolce et Lek avaient été invités à célébrer l'anniversaire de Christiane, chez France, une amie d'enfance. Ils ne s'étaient pas amusés de même depuis longtemps. Lek avait séduit les copines, la Dolce s'était réconciliée avec France, et Christiane, la paix en personne, était aux anges. *Il faut remettre ça,* avait dit Lek un peu grisé par le vin. *J'aime l'odeur du cuir,* disait France en aidant Lek à enfiler son blouson. Les filles riaient, Lek était content, *oui, oui, oui, elles sont chouettes, tes copines,* la Dolce promettait un souper dans quelques semaines, *nous vous ferons de la musique, ah, là, oui,* Lek était d'accord, Kunel et Mario seraient d'accord aussi. France et Christiane battaient des mains. Ouais, ils allaient remettre ça.

— Ah, quelle belle soirée, avait dit Lek en enlaçant la Dolce.

Ça changeait un peu d'ambiance de s'entendre dire *oui, on a hâte de vous entendre jouer de la musique et de connaître vos amis.* La Dolce approuvait, les fêtes n'avaient pas été drôles. Charlie boy avait invité Lek et la Dolce, *vous emmènerez des amis.* La Dolce avait ouvert la bouche pour dire que la seule autre personne...

— ... mais pas Kunel ! l'avait interrompue Charlie boy. Il pourra venir après souper s'il veut, mais en fait, je ne veux pas le voir ici.

Oh !

La Dolce croyait qu'il plaisantait. *Charlie boy, où cé que tu t'en vas avec tes skis.* Les amis de nos amis. Complétez la phrase vous-même. C'est là que Geraldo, l'ami de cœur de Charlie boy, est intervenu, lui qui n'ouvrait jamais la bouche, *personnellement, je ne tiens pas à voir Kunel.* Joyeux Noël, vraiment. Le frangin avait l'air d'avoir ses raisons. Et la Moukère avait glissé *moi, je ne m'en mêle pas.* Elle trouvait Kunel étrange. *Oui, bien sûr,* avait balbutié la Dolce, Kunel était étrange, les anges sont étranges, les grandes gueules sont étranges. *Comment ça se fait qu'il est tout seul, que sa famille ne l'invite pas?* Bombardements. Lek était là, il s'énervait, *c'est pas une raison.*

Il est mort, a dit la Dolce. En entendant le verdict, Charlie boy en a pleuré une shot, effondré sur la table de travail entre le piano et le gyproc. Lek serrait Mario très très fort entre ses grands bras habitués à soulever des poches de grains de cent kilos, il le retenait de toutes ses forces, rompu à ficeler les bêtes cabrées, le troupeau remuait, et pour asseoir Mario de force, d'un pied il avait attiré le fauteuil usé dans lequel la Dolce avait bercé Charlie boy plus d'une nuit, relayant la Moukère famélique. La Dolce a ordonné, commandé, *assoyez-vous tout le monde, et toi,* a-t-elle sifflé, *fais du café, et toi,* a-t-elle dit à la Moukère, *va chercher ta bouteille de gin.* Mario en avait besoin. Ce n'était pas le temps de niaiser, les parents de Kunel, *bordel, il faut leur téléphoner.* La porte s'est ouverte. Les beux sont entrés. En les apercevant, Mario s'est agrippé aux bras du fauteuil, il s'est soulevé sur les coudes et les a apostrophés, *quand est-ce que vous allez le sortir de là?*

— Qui ça? a demandé le beu.

— Il veut parler du corps, a murmuré Boris au policier qui tendait des feuilles à la Dolce.

— C'est pour vous, a dit le policier. C'est le testament. C'est son testament. Vous êtes, il vous a nommée...

Exécutrice.

Boris a plié les feuilles en huit et les a déposées sur le piano, à côté des partitions.

Là, tu l'as jouée d'une traite, la partition, se dit Boris devant le miroir. Une larme jaillit. Il s'est pincé sans réussir à crever le bouton. Il regarde ses larmes couler dans le miroir. Elles ne goûtent même plus le sel. Il vaut mieux laisser aller les choses jusqu'à ce que tout s'arrange. Il y a des jours, parfois des mois, où il fait bon dévier tranquillement avec sa barque. Se calmer les nerfs. Ça lui calmait les nerfs de jouer avec ce bouton. *Ne le tripote pas, ça va te laisser une cicatrice,* lui avait dit la Dolce avant d'aller rejoindre Sim à l'atelier. La paranoïa. Un bouton blanc qui ne démord pas. Tout essayer, y compris la mutilation, pour le faire disparaître. Le genre de bouton qui réclame qu'on lui foute la paix, qu'on l'oublie. Il s'en ira quand il en aura décidé. *Et les mouches dans l'œil gauche ? Tu écris trop,* lui avait dit la Dolce. Elles vont. Reviennent. Disparaissent un jour sur deux. Ce matin, elles étaient apparues dès qu'il avait ouvert les yeux. Il fermait l'œil gauche. Elles surgissaient dans son œil droit.

Il avait fait un crochet chez Carlos en rentrant de la clinique. *Qu'est-ce que la médecine a dit ?* lui a demandé Carlos en lui offrant une bière.

La médecine affirme que les myopes voient plein de mouches. *Et puis après ? Les myopes vivent avec,* explique la médecine. *Ah, bon, je comprends, je comprends,* avait répondu Boris. *Est-ce que les myopes ont aussi de la misère à avaler ? À chier ? De la misère au point de bénir les pharmacies ouvertes vingt-quatre heures sur vingt-quatre. Non, les myopes ne voient rien de ça,* avait dit la médecine en riant. La médecine était rassurée. Son malade la faisait rigoler. La médecine a rédigé l'ordonnance. Carlos avait offert à Boris de le conduire à la pharmacie.

Boris était déjà soulagé. Le temps perdu, c'est ce qu'il y a de thérapeutique dans les pharmacies ouvertes vingt-quatre heures. En attendant que l'apothicaire remplisse les fioles transparentes, on en profite pour faire des emplettes. L'ordonnance en main, guéri de la douleur, on achèterait le monde entier. Surtout des choses pour se mettre en forme, beau et affriolant, *olé, olé,* sifflait Carlos en arpentant les allées. Des shampooings onctueux à toutes les essences imaginables, de la lanoline pour calmer la peau de crapaud, des trucs pour rapetisser ou allonger les ongles, la taille, les pieds. Des couleurs pour les yeux, des bâtons de khôl, et puis des parfums. Tiens, des échantillons de fragrance. La vendeuse de cosmétiques perdue dans toutes ces odeurs. Elle sent le pétrole, la madame. En passant devant les vitamines, Boris se disait qu'il valait mieux se soigner par en dedans. Pas très alléchant. *Approchez, approchez, monsieur. Oui, oui, vous, c'est à vous que je parle.*

L'homme s'approche, la vareuse entrouverte, les bras chargés de bebelles, un pot de beurre de pinottes, des biscuits soda, un séchoir à cheveux pour sa fille, et là, zac, pchhhh, un petit coup d'atomiseur sur son poignet. Pas le temps de réagir, le voilà parfumé de la dernière eau de toilette pour hommes.

Monsieur, une petite douceur rien que pour vous, vous qui avez les bras pleins de trucs pour les autres, mais vous, monsieur, quand est-ce que vous vous êtes acheté quelque chose rien que pour vous ?

Méfiant, l'homme hoche la tête. Attention, il va parler. Réplique de plomb. *Je ne mets pas ça, moi, du parfum.* Là. Ses femmes, entendre sa fille et maman, surgissent derrière lui, reluquent l'échantillon gratuit dans la paume de la vendeuse. *Ben oui, ben oui, papa, t'en mets du parfum. Il sent bon celui-là.*

Elles pigent dans le panier rempli de fioles de parfum, en bourrent leurs poches. Un secret, les dames raffolent du parfum pour hommes. Sur leur propre corps. Ce soir, elles oindront leurs membres et s'endormiront dans l'odeur de l'homme. Rien n'attire autant la gent masculine, selon la vendeuse. Repousse systématiquement les misogynes, plaît aux androgynes et ne sollicite pas les indifférents. Effluves de sueur au retour du travail, douche matinale au Irish Spring. *Ressort irlandais*, traduit Boris. Parfums tenaces. Dans l'appartement, l'odeur de Kunel amplifiée. Il est parti. Quand on quitte un lieu, l'odeur envahit la place. Les chiens savent cela, les vrais, qui font *wouf wouf*. Ça sent l'aneth. Ça, c'est l'odeur de Kunel. Mario, lui, il sent l'eau, le pinceau de gouache noire ou bleue. Lek sent le jardin rempli de tomates, de choux violets hauts de trois à quatre pieds, de prunes tombées de l'arbre s'enfonçant doucement dans la terre et les feuilles.

La Dolce a pris un grand respir. Elle a passé près des pianos. Les deux pianos. Celui de Kunel contre le mur de gauche bloquait une des portes du salon double. Elle a trouvé Kunel dans cet angle. Niché entre les deux pianos. Assis par terre, le dos accoté au mur, un oreiller glissé derrière sa tête. Et tout le monde d'être d'accord pour dire que c'était... Tiens, il a même pensé de glisser un oreiller derrière sa tête. Ça devait être plus confortable.

Qu'est-ce qu'il ne faut pas entendre, se dit Boris en sortant de la salle de bains. Confortable que le diable, recroquevillé, les pieds appuyés au piano, entre ses pieds, deux piles de briques savamment édifiées, entre les briques, la crosse du fusil, comme ça, ça ne glissera pas, et, raffinement extrême du confort, une baguette de bois à travers la gâchette, déclencher le système en appuyant sur une pédale. Et vroum, vroum, sur mon petit bicycle.

— Ta gueule, crie la voisine du deuxième à sa fillette d'un an qui veut manger une banane.

Sim avait prévenu Boris, le voisinage n'était pas plus rose près de Saint-Viateur et Saint-Laurent.

La vie de boulevard, c'est pas de la tarte.

Et le canon dans la bouche. Deux balles dans le fusil. Un fusil de chasse, selon le paternel. La Dolce ne savait pas. Agenouillée à nettoyer tout ça à grands coups de torchon, elle a récupéré un os du crâne. Le petit éclat s'est enfoncé dans un de ses doigts. Le sang a jailli, elle aurait voulu porter sa main à sa bouche. Charlie boy lui tendait le porte-poussière. À la pelle, ça se ramasse à la pelle, un homme. Pas quasiment. Littéralement. Au porte-poussière. Du sang, une flaque d'un centimètre d'épais. Du jello. Le certificat de décès était écrit en anglais. Ouais, monsieur. Boris lisait par-dessus l'épaule de la Dolce. On se serait cru chez les Plouffe quand la mère reçoit un télégramme annonçant la mort de son fils à la guerre. En anglais. La mère Plouffe avait pris le dictionnaire pour comprendre que son fils était mort. Bourratif au boutte. Par quel moyen met-on le caramel mou dans les Caramilks ? Le mystère total.

— T'as compris, là !

Gifle. Re-gifle.

— T'en auras pas de banane ! T'as pas voulu manger tes céréales tantôt, ben, tant pis pour toi !

Et n'essayez pas de briser le cercle occulte, tracé lentement autour d'un damné, le cercle du Caucase, la cachette sacrée, la cabane, qui nous soulage de tous les maux et nous protège contre toute atteinte. Je suis sauvé. Je suis safe. Entre les deux pianos. Le sang ne revolera pas trop haut. Le choc ne dérangera rien. Kunel a tracé le cercle, cela a pris des mois pour reculer la limite dans sa tête et l'imposer sur une scène, l'invisible trace à rendre tangible. Non, je ne vais pas pleurer, je ne veux pas pleurer. Je bave, je ne vais pas le dire, **motus.** Silence, dans le silence, oui, oui, oui, m'enterrer vivant, la bouche pleine de sable, petit à petit, c'est ça, c'est ça, faire semblant de lire **Le Colosse de Maroussi**, pendant que les amis, les zozos, sont assis sur le lit à écouter le morceau de musique pondu durant la dernière répétition. **Stromboli.** *Pourquoi Kunel n'est pas venu ?* vitupérait Fauché. La dernière répétition. Boris ne se souvient plus du jour que c'était. Ils répétaient tous les jours, tous les jours. Tous les jours, sauf par grand empêchement. Tous les jours. Parfois chez Fauché, qui offrait son atelier. Comme ça, la musique ne dérangeait ni la Moukère ni Charlie boy.

— Ça me rend fou ! commentait le frangin de la Dolce.

Les gammes de Kunel amplifiées par la cage d'escalier, les notes grimpaient, les notes galopaient, s'enroulaient, les murs croulaient, les pièces à la Décormag éclataient, deux pianos, deux fois quatre-vingt-huit notes. Les yeux au plafond, Charlie boy grinçait, *mais moi, je tra-vail-le.* Content, le diable jaillissait de sa boîte, de son centre, du cercle qu'on doit rompre quotidiennement. Kunel était parvenu à abaisser le couvercle. Il ne sortait plus de lui-même. Il virait tout le monde de la boîte. Lentement. Très lentement. Les autres étaient de l'autre bord, lui dans le bateau de sa tête. Laisser les pyjamas sous l'oreiller. Partis avec des adresses inconnues. On n'y a pas laissé notre peau.

Notre peau.

Les conversations avec Kunel. *Laisse-moi vivre, tu m'auras pas sur les bras*, disait-il. *Tu me tannes, maudit que tu me tannes quand tu parles de même. Tu me fais penser à quelqu'un que j'ai déjà connu. Si tu continues à parler de même, je vais être obligé de me fermer la boîte.* Ça avait continué. Lek avait les mots du geste. *Méfie-toi.* Essaye donc de discuter avec ton meilleur ami après ça. *Kunel, je...*

Niet. Le Manitoba ne répondait plus. Tu ne m'embarqueras pas dans le silence. Pas sur ce terrain-là. Pas de musique, rien. Où est-ce que tu es rendu ? Les issues étaient bien scellées, les bouches. Il ne restait plus que les yeux et les mains. Pour parler.

Kunel a fermé le couvercle du piano. Jeudi soir, il est descendu de son appartement. Il est entré chez Boris deux minutes avant que l'atelier d'écriture commence.

Selon Carlos, il aurait mieux fait de faire des poids et haltères. Il apportait une bouteille de vin. Un fond. Lek l'a vu arriver. *Aïe*, a-t-il fait. Il changeait les cordes de la guitare de Kunel. Un service. Le fond d'un litre, *ah, oui*, a fait la Dolce, *pour fêter ma fête*, a dit Kunel. C'était bien la meilleure. *Je fête ma fête. Je fête ma fête. Voulez-vous boire un coup avec moi ? Dring, dring.* Les mains dans l'eau de vaisselle, la Dolce rinçait des tasses avant de servir le café aux dames. Elle ne comprenait pas.

— Ta fête ! Ta fête, c'est dans deux jours !

Dans deux jours. Lek allumait pendant que Kunel fanfaronnait. Tu parles, s'il le savait que c'était sa fête. La Dolce aurait téléphoné à Kunel au bout du monde pour lui souhaiter bonne fête. Et toutes ces lettres, oui, elle avait déjà reçu une belle lettre d'amour de Kunel, violente, mais d'amour. Violente et venteuse. Elle avait peine à retenir les feuilles, à décacheter l'enveloppe, le vent sifflait par la fente, le dessous d'une porte, le vacarme soûlant d'une bouteille dans laquelle on souffle, les lèvres ourlées sur le goulot, les soirs de fête, dix à table, cinq cadavres, tout le monde se met à souffler. Bouteilles de vin vides, à moitié. Diriez-vous, il est à moitié plein ou il est à moitié vide en parlant d'un verre contenant du liquide ? Attention à la réponse.

C'est simple comme ça. Réduit à la règle du binôme. Kunel secouait son fond de bouteille plein de lie, un quart de litre, pas plus.

L'animal.

C'est pas vrai, se disait Boris. Pas ici. Pas comme ça. *Aïe*, répéta Lek. *As-tu des verres ?* a demandé Kunel à la Dolce. Boris voyait des oxyures. *Non, mais ça ne se peut pas, tu nous fais le coup de nous offrir un fond de bouteille. La lie. Niaiseux,* lui a dit Boris. Pendant ce temps, quelqu'un a répondu, *moi, je ne dirais pas non, je prendrais bien un verre.*

De quoi je me mêle, pensait Boris en regardant les femmes qui sortaient leurs cahiers d'écriture. Tout le monde enchaînait, *ouais, ouais, on boit un coup avec toi.* Mario s'était déjà emparé des verres. *Buvez. Buvez.* Kunel inclinait la bouteille au-dessus du verre de la Dolce. Elle refusait, *non, pas moi.* Il fit couler le vin sur sa main. *Tu peux te le foutre au cul,* marmonna-t-elle.
— Buvons, dit Lek en cognant son verre sèchement contre celui de Kunel.
Les chevaliers se fixaient des yeux. Boris ne pouvait pas le croire. Il plissait nerveusement ses lèvres. Contrarié. Les autres vidèrent leur quart de verre. Quelque chose clochait. *On s'en va,* dit Mario quand les verres furent enlevés. Ils partent, se dit Boris.
Il part, pensa la Dolce. Elle ne sait comment la main de Kunel s'est retrouvée dans la sienne, et son regard dans le sien, et l'hésitation, une requête à déposer, l'hésitation l'a emporté, Kunel a donné un petit coup sec, leurs doigts se sont dénoués, et il a fait un salut militaire à Boris. Avant de sortir.
Il est parti, a chanté Lek sur un accord de guitare.
Alors, on commence? gueulaient les dames qui s'impatientaient. L'atelier commençait. Tout le monde allait passer au cash. Pauvre **niglo***, pensait Lek.

---

* **Niglo,** animal puéril, petit hérisson, en romano.

Passeport, billet, carnet. Guitare. Non, Lek laissait sa guitare. *Comme départ, c'est réussi,* renifla-t-il en resserrant les cordons de son havresac. *Goude.* Il n'avait rien oublié.

— Ça va être ta fête, dit-il à Fauché.

Mario avait vidé sa tirelire et s'était payé une bouteille. Les lèvres et les dents noircies par le vin, il délirait.

— Il est soûl, dit Lek.

— Tant mieux, dit Fauché en mettant la main sur l'épaule de Lek.

Lek poursuivait :

— Mario va faire une crise tout à l'heure, c'est sûr.

La Dolce se préparait à aller reconduire Lek à l'aéroport. Boris les accompagnait. Eh oui. Kunel a fait ça la veille du départ de Lek. Il a fait ça le jour de son anniversaire, ses vingt-quatre ans. Il a fait ça la veille d'aller au restaurant avec ses parents. Chaque année, ses parents lui payaient le resto, le jour de sa fête. *Sont fins, tes parents,* lui avait dit la Dolce. *J'y vais pour la bouffe.*

C'est ce qu'il disait. L'orgueilleux. Quoi d'autre ? Ah, oui, il a fait ça la veille de passer son audition à la faculté de musique. Original. Il a fait ça la nuit de la pleine lune. Le cochon. Il a fait ça un soir où tout le monde avait le dos tourné. L'intelligent. Tout le monde était au vernissage. Il a fait ça. Tout le monde passait la nuit avec une copine. Tout le monde soupait chez la Dolce, les enfants de Lysbeth, même Fauché était là. Au dessert le maître jouait aux échecs avec Jeremy pendant que Lysbeth aidait la Dolce à desservir. Charlie boy était parti voir un film. Kunel a fait ça.

Troisième question du paternel de Kunel :
— Qui étaient les ennemis de Kunel ?
Pardon ? Répétez s'il vous plaît. Les ennemis. *Ben, voyons,* fulminait Boris. La Dolce ne comprenait pas. Les ennemis. Elle voyait quatre milliards de personnes faire des bye bye à l'aéroport de Mirabel. Elle ne savait vraiment pas quoi répondre. La quatrième question éclaircit la situation. Est-ce que Kunel prenait de la dope ? De la quoi ? Boris se mordait les plombages des molaires. Évidemment, Kunel ne pouvait avoir fait ça de lui-même. Un suicide, ça ne rend pas plus intelligent. Jamais cru que Kunel pouvait faire quelque chose de lui-même. Encore une fois, on ne croyait pas qu'il avait fait quelque chose tout seul, sans stimulant. C'était sûrement la dope, les ennemis, bang, bang, qui l'avaient descendu par la bande, ou il s'était senti obligé, acculé au mur, par des dettes, tiens, sous la menace, la mafia, pourquoi pas, il était sans doute un pusher, un junkie avec plein d'aiguilles dans les bras, un raté qui ne réussissait pas à ramener le fric prévu. Bref, ça n'allait pas chier loin. *Non, non, c'est même pas ça,* fit la Dolce en baissant la tête et en se pinçant le nez. Doux, doux. Pauvre, pauvre. Kunel s'était entendu avec ses vieux pour qu'ils viennent le prendre à cinq heures. *Après la répétition,* avait-il spécifié à la Dolce. Mario était rentré vers une heure trente de l'après-midi. Pour la répétition. Pour une fois que Mario découchait. Swingez-la, votre compagnie.

Pis moé qui ai baisé toute la nuit, avait gémi Mario. *Laisse tomber la neige,* avait répliqué Lek en écrivant un message. *Veuillez descendre au rez-de-chaussée.* La Dolce avait peur. Peur que les parents arrivent avant que le camion blindé de la morgue soit reparti. Pourquoi blindé ? Peur que ça explose. Explosifs. Le camion était reparti sans bruit. Pas de sirène, avait remarqué la Moukère. Quand ils ne font pas démarrer la sirène, tout le monde comprend. Ouf. En plus, il faisait beau, beau comme c'est juste possible au printemps.

Un beau char est entré dans la rue, bien astiqué. Adrienne l'a vu. Le père est descendu de l'auto. Pour aller voir. Pour aller chercher son fils. La mère, bien checkée, swell, tu parles, une sortie au resto. Elle est demeurée dans l'auto. Sortons nos mouchoirs. La Moukère a laissé retomber le store. La Dolce l'a relevé. Il était cinq heures, le père lisait le message collé sur la porte. Le père redescendait l'escalier. Vingt-deux marches. *Il va comprendre,* a murmuré Lek.

Le père faisait une pause sur la dernière marche, celle qui est en béton. Préparer les clôtures, dérouler les barbelés, dresser les barrières. Vite, un air de violon. Jocelyn Bérubé parle de son village natal rayé de la carte en mil neuf cent soixante-treize.

Les masques africains tressautent. Ils ont des pierres dans chacune de leurs mains et ils lapident le cadavre. Les roches fracassent le nez, les pommettes, meurtrissent, bleuissent la peau du damné. Les pierres retombent dans la poussière au pied du poteau où il est attaché. Les masques se rapprochent. Autour de leurs chevilles, les hommes ont des bracelets de plumes qui laissent des traces gigantesques sur le sol. On dirait les traces d'un animal puissant, d'un animal beaucoup plus grand que ceux qui portent des masques. Ensuite, ensuite, tout de suite, ils soulèvent le corps à l'aide de longues perches, le déposent dans une charrette attelée à deux boucs nerveux. Des masques sans yeux retiennent les boucs par les cornes. Les relâchent. Les boucs cabrés traversent le village, bondissent chacun de leur côté en essayant d'encorner l'autre. Ainsi jusqu'à la montagne. Jusqu'à ce qu'ils se libèrent. La charrette d'osier se disloque, les roues fragiles se brisent sur les cailloux. Enfin, les boucs s'affrontent. Le bruit des fronts qui se heurtent se répercute dans le village jusqu'à la tombée du jour. Les masques ne dorment pas. Ils ont allumé des feux. Ils vont dans la montagne avec de grandes torches chercher le bouc mort et font un festin.

Est rentrée.

La mère. Elle cherchait des yeux dans le corridor, l'air de quelqu'un qui s'attend à une surprise, n'était-ce pas un jour de fête? Elle marchait vers la mort de son fils. Il fallait arrêter ça tout de suite. Boris s'est planté devant elle. Le père a dit. Elle s'est jetée dans les bras de Lek, celui qui ressemblait à son fils. Lek, eh bien, lui, le grand Lek, si fier, il a refermé ses grands bras autour de la mère. *Venez vous asseoir.*

Dans le salon, il faisait sombre et frais. *On va faire du café.*

Écœurée de faire du café, la Dolce.

On a retrouvé le carnet, a-t-elle repris en relevant les yeux sur le paternel. C'était simple. Il suffisait d'y penser. Mais, moi, je n'y pensais pas. Que c'était en hiver la dernière fois que Kunel est allé dans une banque. C'est le printemps maintenant, là, ça va aller mieux, l'été s'en vient là, tout va se replacer, là, là, là. Tu ne gèleras plus sur le coin de la rue, là. Un de ces matins, tu vas t'installer sur le balcon, au soleil, avec tes chats, et fumer ta rouleuse, tu salueras le voisin qui sifflote en face, puis quand je vais sortir à mon tour dans la cour pour respirer les fleurs du pommetier, tu ne diras rien, tu me regarderas faire, et moi, je sentirai tes yeux sur ma nuque, sur mes cheveux, sur mes épaules, comme le soleil à travers une vitre, je vais me retourner, te dire, *ah, tiens, t'es là, toi. T'es là.* Je serai contente de voir que tu as enfin enlevé ton vieux chandail de laine, de savoir que tu as chaud, enfin chaud. Chaud comme en Afrique quand tu t'accroupissais près du vieux marabout qui fumait et fumait. Je vais te dire, *il est beau le pommetier.*

Superbe, diras-tu, et puis là, tu te précipiteras, les phrases débouleront, tu parleras du grand flamboyant, l'arbre qu'il y avait derrière chez toi, en Afrique, tu vas raconter que tu étais grimpé dedans, un matin, et que le vieux, qui savait ton secret, faisait semblant de ne pas te voir. Tu épiais tout le village. Moi, je vais regarder au bout de ta main tendue. Je le vois, je le vois, pas besoin de dessin. Le flamboyant, aux feuilles agitées, rouges langues tirées, bouches d'enfants. *Écris-ça, Kunel, écris ça.* C'est tellement beau. C'est tellement beau, encore. Il recommence à faire froid. Peur des déserts et de la soif inextinguible. De ne pas trouver d'eau.

Le carnet était dans son manteau d'hiver. Dans la poche. La Dolce l'a trouvé le jour de l'arrivée de Labine et du déménagement des pianos. Mario se barrait en Angleterre, non, en Irlande, non, à Stonehenge, le grand cromlech, *où il allait rejoindre Kunel,* disait-il. La Dolce haussait les épaules en triant les guenilles de Kunel. Kunel était mort. *Les poubelles passent ce soir, c'est ce soir qu'on jette tous ses vêtements, hein, Mario ?* Mario avait dit oui. Tout jeter, sauf sa cotte de mailles en cuir, le boubou, le t-shirt breton que lui avait donné Lek, et les deux chemises que Fauché avait réclamées. Les chemises de travail, tachées de peinture.

Ça travaille fort, ces petits gars-là, ça arrête pas de travailler, racontait Adrienne sur la galerie, aux passants qui relevaient la tête, étonnés d'entendre de la musique.

— Basta ! Ça ne donne plus rien, disait Lek.

C'est sur cette phrase qu'ils arrêtaient la musique, essoufflés au boutte d'avoir enfilé des morceaux pour les deux pianos, la guitare électrique et le violon. Là, Fauché passait ses commentaires, un marteau à la main, disait ce qui lui déplaisait. Kunel rechignait. Ça le mettait en boule.

— Tu ne comprends pas, articulait péniblement Kunel. Tu parles comme si la musique te tombait sur la rate. Le don de faire rager les autres. C'était l'impasse.

— Tu nous contamines, lui reprochait Fauché, rouge de colère.

— Bon, ça va, vous deux, laissez tomber la neige, disait Lek en débouclant la courroie de sa guitare électrique. On est fatigués, on reprendra ça plus tard. *On écoute ce qu'on a fait ?* suggérait Mario, le doigt sur le magnéto. *Ouais, puis on prend un café. Je fais le café,* décidait Fauché, de bonne guerre. *Moi, je roule, ça va comme ça.* Oui, ça allait comme ça.

Kunel soufflait. Bon, il allait pisser un coup. *C'est ça, va pisser un coup, ça va te faire du bien,* disait Lek. Tiens, même que lui-même, il allait pisser un coup dehors, hein, qu'est-ce qu'il y avait de mieux que de pisser un coup dehors. Fauché était bien d'accord, et il emboîtait le pas à Lek. La tête dans la nuit, les pieds écartés, ils arrosaient la neige.

La cafetière gouttait. Kunel tirait la chasse d'eau. Mario roulait une cigarette. Dehors fusait le rire de Lek. Le magnétophone enregistrait. Le piano était encore chaud. Il faisait très froid dehors. C'était le mois de mars. Un mois guerrier, selon Fauché. Il était tard. C'était peut-être un vendredi, jour de Vénus. Ou un samedi matin, jour du sabbat, vers deux heures, mais ça, c'est du blabla. En 1986, Kunel rêvait de jouer du piano dans un canyon. La guitare électrique n'était qu'un rêve aussi, qui avait pris une seule journée à se réaliser.

Une belle journée d'automne à Dijon. La Dolce avait retrouvé Lek en France. Peu après, Kunel les avait rejoints avec Boris. Ils étaient en Belgique à présenter une pièce de théâtre. Après la dernière représentation, ils avaient filé. *Y a deux mecs qui t'attendent à la gare de Dijon*, criait Patricia, la sœur de Lek, à l'autre bout du champ. Lek était dans le tracteur, avec la Dolce. Il n'avait pas fini de labourer. Il irait à la gare demain matin. Boris avait aimé dormir dans la gare. Il aimait le pittoresque. Kunel, non. Il bouillait. Au bout d'un mois, Kunel en avait eu assez de la France. Assez du château médiéval de Gronet, assez de la source de la Seine, assez du trou Madame, des ruches en paille, du bon gibier et des vins de la route du Soleil, assez de travailler dans le silo. Assez de tourner autour de la Dolce et de Boris qui faisaient de la photo, jouaient du violon et mangeaient des mûres le long des sentiers pleins de grillons et de vapeurs de pommes. Assez des champs dorés, de l'abondance et de la moisson qui ne finissait pas. La saison avait été bonne. Lek travaillait de plus en plus, lui et Émile voulaient tout rentrer avant la pluie. Depuis dix jours, le soleil asséchait la terre, *c'est bon*, ils y retournaient le soir, gyrophares tout allumés, les bennes à fond les gamelles suivaient fidèlement, ils allaient rentrer le maïs dans le temps de le dire. Le Marcellin était tout fier de chauffer la première benne, il collait l'ensileuse de près, juste assez pour ne pas perdre un seul boisseau, et quand la benne était bien pleine, il s'esquivait adroitement, cédant à son cousin, un peu moins adroit, celui-là. Lek tirait sur la corde, le klaxon claironnait, le maïs se déchiquetait, le cousin accélérait. Plus que deux rangées de maïs, plus que une, et le miracle s'opérait parfois, trois, parfois six, et même dix lièvres bondissaient à la dernière minute hors de la haie et déguerpissaient dans tous les sens. Lek éclatait de rire. La Dolce l'embrassait.

Mais il y avait le spectacle. Il avait fallu amener Kunel à Dijon pour qu'il récupère son billet d'avion. *On va en profiter pour aller voir les guitares **électyriques**,* avait décidé Lek, qui n'aime pas niaiser. Fauché avait dit à Lek de s'en procurer une bonne pour le prochain spectacle qui aurait lieu au mois de décembre, aux Foufounes électriques, et que celui-là, il sentait que c'était le bon. À une terrasse, devant une bière dijonnaise, Kunel et Lek, affrontés pour la énième fois. *Je l'achète ? Mais, oui, achète-la donc ! Achète-la, puis tu verras, mais décide-toé. Je préférerais attendre, non ? Oui, peut-être qu'il vaut mieux attendre. Allez-vous vous décider ?* murmurait Boris. *C'est vrai, vaudrait mieux que tu te décides. Ah, mais je suis décidé, je l'achète, si ce n'est pas aujourd'hui, c'est demain, oui, mais demain, on ne sera plus ici. T'en veux-tu une de guitare électrique, oui ou non ?*

En attendant, le café était prêt. Lek et Kunel disaient à Boris, *viens t'asseoir, viens t'asseoir.* Il voulait finir un trille. On peut imaginer ce que ça donne un trille sur un violon dont les cordes n'ont pas été changées depuis sept ans. Les initiés comprendront ce que ça veut dire. Le cercle des violons, c'est un cercle très fermé. Boris avait piqué sa crise lui aussi en France. Un jour de flotte, Lek ne travaillait pas aux moissons les jours de pluie, ils se tournaient les pouces dans le vieux mas datant de 1789 où ils créchaient. Émile, le père de Lek, avait prêté à Kunel un album sur la France. *Écoutez ça,* lisait Kunel, allongé sur le canapé en face de l'âtre, *écoute ça, Boris, c'est à Mirecourt que l'on trouve les meilleurs luthiers de France. On y va ?* a proposé Lek. *Allez ! Montez, je vous emmène.* La Dolce ferait toutes les photos qu'elle voulait. Ça leur avait pris trois vieilles heures pour se rendre à Mirecourt avec la Golf blanche. Elle a photographié les montagnes du Jura. *À Mirecourt, on est restés deux minutes,* explique Boris à Mario. Plantés comme des caves devant la porte d'un luthier.

— Je ne reçois pas aujourd'hui, qu'il a dit, le luthier. Je suis seul à l'atelier, a-t-il ajouté.

En les toisant de la tête aux pieds.

C'était râpé. S'il avait eu de la visite, il leur aurait dit, *pas aujourd'hui, je reçois déjà.*

Je ne me souviens pas de son nom, mais sa gueule, sa gueule, je l'ai gravée là, a fait Kunel en se touchant le front de la pointe du doigt. *Il ressemblait au boucher de la rue Gatineau, tu ne trouves pas ?* a demandé la Dolce à Boris. Boris a souri. Ouais, c'est vrai. Mais ça, c'était de l'histoire ancienne. Disons qu'il ressemblait à un boucher tout court. Luthier, mon œil. Conneries. Boris avait pourtant son violon avec lui. Rien à faire. Même si le luthier les avait suppliés de revenir... *ça ne me disait plus rien,* a poursuivi Boris. Ils ont descendu les marches en colimaçon, si chères aux films européens. Sur le trottoir, ils ont levé la tête une dernière fois vers les fenêtres du luthier. Ils ont relu l'affiche. Le nom du luthier était tracé à la main en lettres dorées sur fond vert wagon. Puis Kunel et Lek ont dit, *j'ai faim.* Il y avait une pâtisserie en face. La Dolce a jeté un mauvais sort au luthier, rien de bien méchant. Lek et Kunel ont acheté des chaussons aux pommes.

Jarrett fait des harpes à Cologne. Kunel ouvre le piano et passe ses longs doigts, des baguettes sur les cordes, et ça fait cymbalum. Prononcer Tsim Balloum. Il reprenait ce qu'il avait découvert, un motif pour piano modifié qu'il venait de composer. Lek apprivoisait sa belle guitare rouge ; parfois Kunel lui filait une acoustique, depuis que la Dolce avait prêté sa guitare espagnole à Juliette. *Comment as-tu pu prêter ta guitare à Juliette,* lui reprochait Kunel. Elle n'est pas décente, elle n'a pas deux sous de cœur, elle ne te la rapporterait pas pour, pour. La Dolce se taisait. De toute façon, elle n'en jouait pas de la guitare. C'est moins grave que si on lui avait donné la Poupounette. Adrienne aurait eu de la peine, elle chouchoutait Poupounette.

Viens icitte, ma petite bibitte. Tu veux jouer. Belzé-bitte. Viens ici, ma petite souffrance. Ma petite passe-

*carreau, gripette à nous autres, p'tite affaire, p'tit agrès
domestique. T'as des affaires de pognées dans le poil,
viens icitte. T'es une toutitte. Viens, ma petite môzusse.
Ma p'tite câline.* La Dolce avait également prêté une méthode de russe
sur disque au fils de Juliette qui s'intéressait aux langues
étrangères. Une méthode de russe, ça se retrouve.

— Une guitare aussi, tu me diras, trouvait Lek.

Elle en avait parlé à Stef. À demi nue, assise sur un
tabouret, le soleil en oblique, à contre-jour, elle posait
pour lui une fois par semaine. Parfois, deux. Pendant
qu'elle posait, ils discutaient. L'heure passait, elle se
reposait sur l'ottomane pourpre, le seul accessoire dans la
pièce. Stef lui portait un café ou un verre de vodka frappé
allongé d'un jus d'ananas ou d'orange bien frais. *C'est
pas juste,* racontait-elle à Stef. La Moukère avait pris la
peine d'aller dans un bazar par un jour de grosse tempête
de neige, rien que pour trouver une guitare. Il poudrait, il
ventait, la Moukère avait enveloppé la guitare dans une
couverte de laine. La Dolce avait avoué à Stef, *c'était la
plus belle surprise de ma vie.* Si Juliette avait le cœur à la
bonne place, elle rapporterait l'instrument **illico**. Vaut
rien pour elle, cette guitare-là.

— C'est rien qu'un objet, c'est de la Matière, Dolce, il
ne faut pas s'attacher aux choses, expliquait doucement
Stef.

— D'accord. Juliette va se détacher de ma guitare.

C'est facile de dire aux autres de se détacher de ce
qu'ils n'ont plus. À la fin.

— Ne bouge pas.

Stef ne savait plus quoi dire. Il mangeait un poil de sa
barbe, plongé dans une profonde réflexion.

— Téléphone à Juliette et demande-lui la guitare.

Vraiment. La Dolce répliqua que si elle avait le malheur de tomber dans ce panneau-là... Téléphoner à Juliette,
lui dire, *Juliette, la guitare, c'est ma mère qui me l'a donnée.*

La torture garantie sur facture. La mère de Juliette n'a jamais rien donné à Juliette.

— Comment ça? fit Stef.

Sa mère a accouché à l'asile à l'époque où les bonnes sœurs enlevaient les enfants à tour de bras aux mères célibataires. L'enfant disparaissait dans la brume, à peine arraché du corps. La mère de Juliette est encore à l'asile. Elle a soixante-cinq ans. Elle n'en est jamais sortie depuis qu'elle a mis Juliette au monde. Jamais. Jamais. Un petit frisson de culpabilité?

Cochez oui, cochez non.

Stef règle la question, *c'est bien effrayant d'avoir un karma comme celui-là.*

La Dolce hausse les épaules. Le karma. Tout le monde a ça dans la bouche. Juliette a traversé toutes les affres, comme une quille qui résiste avant de se retrouver dans le dalot. La grande roue de la misère, elle a eu plein de billets gratuits pour y monter. Elle a tout fait. Elle a tout eu, elle sait tout de la vie. Elle a tout vu. Elle a eu un chum granola. Il est devenu un artiste. Elle a eu un enfant, naturel, s'il vous plaît, ma mère, mon miroir. Puis son chum l'a laissée, mais ils sont demeurés chums, c'est plus pratique, puisque la chume de son chum est très gentille; elle garde son fils quand elle sort avec sa blonde. Tu comprends? Elle n'avait plus le choix, elle est devenue lesbienne pour rééquilibrer son affectivité. Entre-temps, elle a subi deux avortements. Elle n'aime pas en parler, mais si ça te tente, elle peut t'en parler deux heures. Vingt points de suture en prime. Ensuite, elle s'est embauchée comme danseuse nue. Elle faisait des shows avec sa blonde. Sa blonde a fait un jeûne et l'a plaquée. Il faut qu'elle aille à Ogunquit pour se régénérer. *Qu'est-ce qu'ils ont tous à aller se régénérer à Ogunquit?* demande la Dolce à Stef. Il dit que c'est un beau bord de mer. Même la Moukère et Alice y sont allées. Au bout de deux jours, elles ont eu leur voyage de se faire crouzer par les bonnes femmes. Heureusement, à la dernière minute, elles ont mis le grappin sur deux messieurs, des profs de théologie ou de catéchèse avec qui elles ont eu ben du fun. *Surprenant,* commenta Stef, *très surprenant.* La Poupounette était née dans la garde-robe pendant que la Moukère était en vacances à Ogunquit.

En France, la Dolce avait pris une tonne de photos. Le mont Blanc, le mont Rond, la fontaine par temps gris, un visage de pierre qui crache de l'eau comme un dard, des oignons qui sèchent sur la porte d'une grange. La tache bleue d'une chemise d'ouvrier jetée nonchalamment sur la clôture bordant des terres jaunes. Lek et Kunel en train de pisser sur le bord de la route. Boris au violon devant la statue de Vercingétorix dominant la plaine d'Alésia. C'était un grand jour. *Je vais voir une terre à Maracanar, une belle terre avec des bâtiments,* avait confié Lek à Damien, son meilleur ami, un fils de paysan lui aussi. Lek était heureux, *je vais voir la terre avec Émile. Pas avec la Dolce, pas avec Kunel, ni Boris,* expliquait-il à Damien. Histoire de père et fils. *Bon, alors, j'les emmène faire un tour à Alésia,* avait dit Damien avec un clin d'œil.

— Kunel les aimait, ces photos-là, a dit la mère de Kunel.

Elle se souvenait qu'il les avait empruntées à la Dolce pour les lui montrer.

Boris fouillait dans la boîte à chaussures. Un carton d'allumettes sur lequel Lek a écrit un bout de poème, une phrase sur une enveloppe de compte de téléphone.

— Garde-ça, et ça aussi, ça vaut la peine, disait Kunel.

Le con. Un drôle de motton dans la gorge. La Dolce avait trié les photographies et les dessins.

— Aide-moi, Mario.

— À faire quoi ?

— Il faut trouver une photo de Kunel. Sa mère veut une photo. Pour mettre en avant...

— En avant de quoi ? fit Mario en s'approchant de la table sur laquelle Boris avait déposé la boîte.

— En avant, à l'église.

Trop abîmé, murmura Boris. *Son père veut le faire incinérer.* Mario écarquilla les yeux. Le père était allé à la morgue.

Brrr.

Mario avala sa salive et choisit rapidement :

— Tiens, en vlà une photo qui ferait l'affaire.

Dans ses mains, la photo de Kunel, moqueur, la clope au bec, devant le babillard qui couvrait le mur avant que Fauché installe le grand gyproc chez la Dolce. En arrière-plan des poèmes, des dessins, des photos, des négatifs, des patentes à tout casser. Des projets.

Celle-là, fit Mario en déposant la photo sur la table. Kunel la malice, la lèvre narquoise, un col roulé rouge et un teint de pêche. *Ouais, celle-là,* répéta Mario. Puis il demanda à Boris :

— On a le temps de jouer un peu de musique ?

— Oui, on a le temps.

Le paternel avait dit qu'il viendrait chercher la photo vers la fin de la journée. Ça finirait bien par finir.

On démarre, mesdames et messieurs. Les sons de la machine à boules dans la foire. Et hop, ça ralentit. Ding. Ce n'est pas le numéro gagnant. C'est la Magnet Radio, allez ouste, debout.

Comme je suis triste, se dit Boris en se rendant à la cuisine. Il s'arrête dans la pièce centrale et regarde le fauteuil usé au milieu de la pièce ensoleillée. Un triangle isocèle jaune reluit sur le parquet, près du téléphone. Le fil forme une frisette dans la lame de soleil.

Tiens, le rayon s'efface.

Oups, le voilà qui renaît.

Ça sent le potage aux gourganes, le mets préféré du tio. Boris se mouille les lèvres. Acuité des sens. Quel sens emprunte la lumière ; même dans l'obscurité la plus totale, les objets sont toujours lumineux. La nuit a beau tomber, les lampions s'éclairent. Un collier rouge vert jaune brille au cou d'une femme. Une goélette en rade scintille, un orchestre, musique brésilienne, tango. Rock amadoué, béguine. Des chandelles sous les toits de bambou recouverts de feuilles de palmier lustrées, larges comme des tabliers. Une lumière dans notre tête. Labine avait raison quand il disait, *chu pas une lumière, mais si on me demandait où en mettre une, j'saurais le dire.*

Et l'indicible tristesse d'une barque grise à jamais embourbée dans les roseaux. Le cœur du cheval de trait sur les chemins de halage. L'inertie de la boue. *Les chevaux ne pleurent pas, ils tirent.* Il fait frette. Sim grogne qu'il ne reste plus de lait. *Quoi? Encore des emplettes?* rugit Boris. *C'est pas tout, ça, il faut que je travaille! Travailler,* fait l'oncle Sim en jetant un coup d'œil dédaigneux sur les feuilles que Boris tient à la main. *Je dois voir Nonno demain, je n'ai pas le temps de balayer!*

Boris s'est renfrogné. Oh, il devine bien que l'oncle Sim ne le piffe pas trop. Il avait essayé de travailler à l'atelier, *balaye,* lui avait dit le tio. Des masses de bran de scie. *Bon, nettoie les pinceaux.* Boris se brûlait les doigts avec l'acide. C'était simple à comprendre : Nonno avait du boulot pour lui, il ne pouvait pas rester plus de deux heures par jour à l'atelier. Non, il n'était pas un manuel, mais...

Bon. Sim est sorti par la porte du hangar sans le saluer. Il a dégringolé les marches de métal d'un pas qui signifie ce que ça signifie. La Dolce a filé par devant.

Un café, se dit Boris, il me faut un café. Là, le café est prêt. Un petit peu de sucre. Ses nerfs se détendent. Mais qu'est-ce que c'est que ça? Quoi? Un charançon escalade les cristaux de cassonnade. Boris commence à s'énerver.

— Y a des bibittes ici, dit-il à voix haute.

Sa voix résonne dans l'appartement.

Hier, c'était une coquerelle. Modèle roux, taille adulte, sexe indéterminé. *Sim, il y a une coquerelle dans la Magnet Radio.*

— Quelle coquerelle? avait demandé Sim à la Dolce.

Sim ne savait pas de quel magnétophone-radio il s'agissait. Penaud, Boris lui avait apporté l'appareil. *Jamais vu ça,* dit Sim en tirant sur sa cigarette. *C'est un esprit qui a mis ça ici.* La fumée lui sortait par les narines. Il aiguisait l'ongle de son pouce sous sa canine.

— Bon, je vais faire un tour, grogna Lek en assenant un coup de paume sur le bras de la chaise.

C'était une vieille chaise dont le bras droit s'effondrait chaque fois que quelqu'un osait y poser le coude. *Tiens, faut que j'répare cte chaise.* Personne ne disait rien. Quand le grand Lek était en rogne, il valait mieux se la fermer. Lek ajouta, en regardant Sim dans les yeux, *ah, la, la, ces machins-là, tes fantômes, je n'aime pas ça.* Les fantômes.

Ça ne faisait pas un pli à l'oncle Sim. Il avait eu souvent l'occasion de dormir dans des maisons hantées. *Je fais partie d'un club de chasseurs de fantômes,* expliquait-il. Une nuit, on lui avait confié la mission de surveiller une maison classée monument historique, un véritable musée de meubles anciens, de porcelaines, de métiers à tisser, de rouets, bref, des objets pratiques datant du début de la colonie. Chaque nuit, la maison se retrouvait sens dessus dessous. Un bouleversement sans égal. Sans le moindre bruit, vaisselier de chêne, table réfectoire en érable, limoges, barattes à beurre, lits massifs, commodes grosses comme des pianos...

— ... tout, tout était viré à l'envers, d'un étage à l'autre ! chantait l'oncle Sim, l'accordéon sur les genoux.

Il avait été envoyé pour dresser un rapport sur la situation, il devait veiller et attendre la manif des esprits. Le temps passait, il cognait des clous dans une berçante à fond de babiche, et vers trois heures du matin...

— ... las de surveiller l'invisible, je m'endormis, termina Sim en soutirant de l'accordéon une plainte mugissante.

Lek éleva la voix :

— Dis donc, Sim ?

— Quoi donc ?

— Ces machins-là, tes trucs, là, les esprits, quoi...

— Ouais ? dit le tio d'un air encourageant.

— Ils ne seraient pas foutus de monter les armoires, ces cons-là !

Musique.

Lek en avait plein les bras de déménager les meubles de l'ébéniste. La Dolce et Boris guettaient la réaction du tio. Après tout, il était chez lui, il pouvait les foutre à la lourde dès qu'il en aurait marre de voir leurs tronches. Ce n'était pas le moment, déjà que la Dolce ne posait plus (Stef ne peignait plus que de chastes icônes), déjà que Lek grappillait, le tio lui remettait sa paye le lundi matin seulement, et Boris, lui, Boris n'était qu'un scribouilleur de petite valeur, pas très utile dans un atelier de meubles. Oh, il avait offert de trier la correspondance du tio, mais le tio lui avait répondu, *quelle correspondance ?* Il n'avait que des factures...

L'oncle Sim éclata de rire au nez de Lek, il rigolait de bon cœur, essuyant même une larme. Puis il se frotta le menton et finit son café d'un seul trait. Lek avait filé au salon, vers le poste de télévision, histoire de voir s'il n'y avait pas un bon film pour se détendre les nerfs. Sim avait l'air soucieux. Boris ne savait pas s'il était fatigué comme lui au point de ne plus avoir la force de piquer une sainte colère. De casser la gueule à tout le monde, les bons, les méchants, les yuppies, les riches comme Crésus, les adeptes du REÉR. Les Dac.

Moi, j'en veux pour mon argent, hurla la télévision.

Il entendit Lek marmonner, *ah, ta gueule.* Oui, c'est ça, Lek, vas-y, fous ton pied dans l'écran, pensa Boris. La télé, une vitrine. Là, là, ils étaient là, la langue pendue devant l'écran, comme des chiens devant un os. La Dolce aussi en remettait.

Paf !

À son tour, le tio assena un coup sur la table.

— Il n'y a pas de coquerelles ici ! tonna le tio d'une voix tonitruante.

Devant l'air ébahi de Boris, il enchaîna en mineur :

— Où as-tu vu une coquerelle, à part celle de la Magnet Radio ?

Boris balbutia qu'il ne... enfin, il ne voulait pas que... et il fit un rapport minutieux de la découverte de la bestiole. Voilà, il s'était assis à la table (bancale, censura-t-il pour ne pas offenser le tio), il avait commencé par tasser les bebelles qui encombraient la table...

— ... pour me mettre enfin au boulot. Quelque chose a remué entre les feuilles que je triais soigneusement pour ne pas mêler traduction avec poème, liste des choses à faire avec celle des choses déjà faites, je voulais me concentrer au plus sacrant, ça pressait.

Abrège, pensait le tio, agacé.

— J'ai aperçu la bête une fraction de seconde, elle tentait de se soustraire à mon regard en s'esquivant vers un point mort. La meilleure cachette.

Dans le salon, Lek tendait l'oreille.

Boris n'avait pas persévéré dans ses recherches, un peu dégoûté d'être tout le temps interrompu dans ses activités par la vérification des choses.

Le nombre de choses à vérifier.

Boris poursuivait :

— J'ai fouillé tous les angles de la table. Les rouquines aiment l'obscurité et les fissures du bois.

Chanceuses.

— En plein jour, par-dessus le marché ! protesta l'oncle Sim.

— C'est bien connu, Sim, les bestioles aiment le papier.

Et patati et patata, le doute sur le visage du tio qui se foutait de la gueule de Boris, il remontait de plus en plus le **Journal de Montréal** sous ses yeux. *Y a pas de coquerelles ici, allons.*

Boris était à bout. Il tâtonnait à travers les feuilles, cherchant le briquet. Il mit la main dessus, aspira un bon coup. Il alluma tranquillement sa cigarette ; elle virevolta entre ses doigts.

— Et celle-là ? fit-il, l'index pointé vers la Magnet Radio.

Parfaitement visible, la coquerelle était coincée sous la bande du sélecteur, comme un animal empaillé dans une vitrine de musée de sciences naturelles.

— Impossible, reprit le tio, buté, replongeant le nez dans le journal... à moins que les locataires du dessous...

Il voulait parler des détenus du deuxième. Évidemment. Pourquoi pas ceux d'à côté ? *Ça se voit souvent des coquerelles en plein jour,* se défendit Boris.

— Oui, mais, là, tu n'en as vu qu'une seule. Ça ne devait pas être une coquerelle, murmura le tio du bout des lèvres.

Ça y est, Sim croyait Boris incapable de reconnaître une coquerelle. Il ajouta même :

— Ça devait être un perce-oreille.

Un perce-oreille ? Au troisième étage ?

— Oh, les moteurs, commença Boris, épuisé.

Lek entra dans la cuisine :

— Faut pas charrier, Sim.

Il y avait un bon film, mais il n'avait pas perdu une bribe de la conversation. Il voyait bien que Boris était en colère. Sim exagérait. Après tout, Boris avait déjà vu des perce-oreilles. *Pas vrai, Boris ?*

Scène d'horreur sur la neuvième. L'actrice a les mains dans l'eau de vaisselle. *Charlie boy, irais-tu chercher le linge à vaisselle ?*

— Où ça ? fait Charlie boy, question de gagner du temps. *Quoi ?* L'actrice ferme le robinet. *Où ça ?*

— Dehors, sur le bras de l'escalier !

Le frangin la tenait longtemps les bras dans l'eau de vaisselle. *(C'est ben le seul endroit où les hommes ne viennent jamais nous rejoindre, hein ?* dit souvent Adrienne, avec un clin d'œil. *Où cé que té, mon beau minou ? Aux toilettes, chéri. Pas moyen de pisser en pa. Mon beau minou, qu'est-cé que tu fais là ?)*

Charlie boy passe derrière l'actrice et sort, côté cour. L'actrice lave deux, trois assiettes. Toutes ensemble. Le devant, le derrière de l'assiette. L'eau est orange. Spaghettis, mode Pepino.

— Les affaires allaient bien, spécifia Lek avant de poursuivre l'histoire.

Le tio approuva de la tête.

Un cri d'horreur s'élève de la cour. L'actrice secoue la mousse, cherche par réflexe un torchon. Évidemment, niet, le torchon est sur le bras de l'escalier. L'actrice essuie ses mains sur son pantalon. Elle sort dans la cour et, d'une voix tonitruante, harassée, elle dit, *qu'est-ce qu'il y a ?*

Le torchon gît au milieu de la cour, à trois pieds de Charlie boy. Une colonie se déroule, comme des grains de café, fuyant à petits pas pressés. Stupeur.

— Il y en a des centaines, souffle Charlie boy en se frottant le nez quarante fois, le temps de dire cette courte réplique.

L'actrice, les poings sur les hanches, *maudit Joe, plein de marde !* Elle plisse les yeux et scrute au scanner toutes les merdes de pitbulls qui jonchent la cour voisine. Ils ont la diarrhée, constate-t-elle en comptant trois, quatre et cinq flaques molles. Essayez donc de ramasser la schnoutte de quatre cabots qui ont la diarrhée dans une cour en petit gravier. Et la pluie qui s'en vient. Vision, olfaction horrible. Ou les deux. On avait le choix, voyons.

Niet.

Retournons au chiffon. L'actrice pivote sur elle-même. *Sont-ils tous partis ?* demande-t-elle à Charlie boy qui fixe les insectes en débandade. *Le nez me pique,* fait l'innocent avant de se moucher bruyamment et il ajoute, *c'est effrayant.*

Aucune rapport, dirait Carlos.

— Les perce-oreilles, grinche l'actrice.

Charlie boy fait une moue en coin. Non, il n'a pas le cœur de se battre contre des perce-oreilles. L'actrice se tape ça, elle soulève le torchon, le dernier perce-oreille se tortille, tombe sur son mollet et, à force de contorsions, échoue sur son poignet. *Secoue le torchon,* plaide Charlie boy. Des conseils, en veux-tu, en vlà! *Secoue-le. Pas comme ça. Plus vite. Attention. Pas comme ça. Mets le torchon plus loin. Y va-tu me laisser tranquiiiille,* mord-elle en secouant la guenille.

— Mon beau linge à vaisselle.

— Comment? demande Charlie boy.

Elle répète et traduit.

— Les bestioles ont choisi mon plus beau linge à vaisselle.

C'était le carreauté bleu et blanc. Il datait de la rue Gatineau. *Tu n'as jamais entendu **Voir Chopin rue Gatineau**?* demande Boris au tio. Une époque révolue. De toute façon, c'est fini. Révolution, révolution. Plus question de faire la vaisselle. *Non, je ne ramasse pas la guenille,* tranche l'actrice. Trois, non, cinq gros et gras perce-oreilles qui n'en démordent pas. Le torchon restera là. Une semaine. Deux. Pensez-vous. Le soir même, la Dolce accrochera le torchon sur le bras de l'escalier. Avec des pinces à linge en bois. Un vieux fond granol. Le vent va se lever. Etc. Demain, elle n'essuiera pas la vaisselle. Plus de détails après la pause.

Elle se prendra la tête à deux mains, comme si c'était la tête d'un autre, la lèvera dans les airs comme un verre dont on veut vérifier l'éclat, ou comme une potiche. Frottera les globes oculaires. Astiquera les dents et enfoncera la moitié du torchon dans la bouche pour nettoyer tout ça jusqu'au fond. De la pointe du torchon, elle étouffera une goutte d'eau tenace, une tache dans le coin de l'œil, ça ne dégoulinera pas, frottera au risque de tout gâcher, quand elle serait enfin prête à être rangée dans l'armoire, cette tête à deux mains, comme un sucrier. Aujourd'hui, elle allait faire le ménage de tout ça. Petit café, petite musique. Allez ? Pourquoi pas ? Avant, il n'y avait pas d'heures pour ces petites gâteries. Les coquerelles, ce n'est pas tout, se disait Boris en éteignant la Magnet Radio. Il faut résoudre des phrases, ah, oui, traduire la phrase mystère où il est question de, de, de...

Depuis un bout de temps, il écoutait surtout des cassettes. Le ton de plus en plus retenu des animateurs et animatrices des émissions radiophoniques l'avait d'abord étonné ; les nouvelles étaient minces, les lèvres, serrées. Celle qu'il venait d'entendre, c'était la meilleure, un type parlait de *machines à coudes*, depuis une heure. Enfin, quelqu'un avait dû le prévenir dans le studio, et de retour sur les ondes, il s'était corrigé, *une machine à coudre, dis-je.*

Boris sortit de sa chambre, il allait raconter ça à la Dolce, mais elle lui fit signe de se taire.

Pschitt.

Qu'est-ce que c'est que.

Boris tendit l'oreille. Ça venait du pot de yogourt; il pétillait au fond de la poubelle, enfoui sous un pantalon de laine. Un truc qu'Alice a refilé à la Moukère pour trois fois rien. Rien, rien, rien. La Dolce en avait hérité. *T'as des morpions?* demandait Lek à la Dolce, énervé de la voir se gratter les cuisses et le ventre. *L'ennui, c'est qu'il me pique entre les jambes, ce pantalon.*

— Poubelle, dit la Dolce.

Lek sortait chercher des cigounes.

— Je vais ramener le yogourt chez le dépanneur, dit-il.

— Rapporter, mon œil, dit la Dolce.

Poubelle.

— Tiens, une robe bleu marine, sais vraiment pas d'où ça sort, ça fait longtemps que ça traîne, plus longtemps que le pantalon piquant, et plus encore que cette robe en rayonne.

Lek éclata de rire :

— Où as-tu déniché une horreur pareille?

Une vente de trottoir dans la rue Mont-Royal. En revenant de l'hôpital en compagnie de Charlie boy. Une journée où la Moukère s'était tapé quelques longueurs à l'urgence.

— La Moukère a le pouls à quarante. Elle est en train de crever. Awaye, on se rejoint à l'hôpital, si tu veux avoir le temps de lui parler, avait annoncé la Dolce à Charlie boy avant de lui raccrocher au nez et de sauter dans un taxi. Elle bougonnait. Non, mais ça lui prenait des heures au frangin à comprendre. La Moukère était sur un grabat dans le corridor d'un hôpital.

— Pardon, madame ? lui avait demandé le chauffeur de taxi en regardant dans le rétroviseur.

Non, rien. Je n'ai rien dit.

— Ah, j'ai cru que vous me parliez... Le chauffeur avait vu ses lèvres remuer. *Rendue que je parle toute seule.* Maudite. Non, essayez pas de la faire parler. Elle a les mâchoires vissées au fusil à béton. Les gens veulent toujours causer. C'est comme les beux. Ils auraient voulu qu'elle dise quelque chose. Qu'il y ait du meurtre là-dessous. Mario avait fait sa grande scène, *ôtez-vous de là, si Kunel était là, vous seriez déjà m...*

— Mario, ta gueule.

La Dolce s'était tournée vers les policiers, *il est sous l'effet du choc.*

Assis-toé, Mario ! Au même instant (le timing, la synchro et le doublage étaient parfaits ce jour-là, tout le monde était à l'heure pour une fois), au même instant, l'autre beu était arrivé :

— Positif.

Boris se disait, *positif, quoi ? Positif de quoi ?* Positif, il faut être positif dans la vie, il ne faut pas voir les choses toujours en noir, *hein, Kunel ? Kunel, t'es positif, t'entends-tu ça ?* Ah, oui, pour ça, il était on ne peut plus positif qu'il était mort, bel et bien mort. Boris était là à se demander comment les autres avaient fait pour comprendre ça, eux. Est-ce que le bon Dieu était là à leur signer un papier ? Quelle mascarade ! *C'est positif, mes amis, vous pouvez l'embarquer.*

C'est là que Mario avait crié, *faites-lé sortir !*

Voix sans souffle, yeux exorbités.

Quel guignol. Le beu regardait dans la pièce sans comprendre. *Le corps, monsieur, il veut parler du corps,* avait murmuré la Dolce. Mais oui, se souvint Boris, Mario avait hâte que le corps s'en aille, qu'ils le sortent de là-haut. En voulait à mort à Kunel. Ça faisait longtemps que Mario se débattait avec le grand six pieds et quatre qui ne savait plus où se mettre. *Kunel, je vais me louer un appartement.*

Le soleil entrait à pleine volée dans la cuisine. La suie striait les vitres embuées par la vapeur de l'eau qui bouillait pour les macaronis. Kunel se roulait une cigarette. Il regarda Mario dans les yeux. Ses iris rapetissèrent :

— Ça tombe bien. Je pars en voyage. M'embauche sur un bateau.

Mario cherchait son rasoir. Il le trouva. Un peu de dentifrice s'était écoulé du tube et avait séché sur la lame.

Kunel miaula :

— Est-ce que tu vas au vernissage ?

— Quel vernissage ? meugla Mario, l'œil sur Magritte.

Le chat de Kunel dormait sur le bord de la fenêtre. Magritte ressemblait à une vache noire et blanche. À un puzzle d'enfant.

— Positif ! marmonnait la Moukère. Tout ce qu'ils trouvent à dire ! C'est positif !

La ferme.

La Dolce fit signe au policier, *venez dans le salon, s'il vous plaît.* L'homme ne posa pas la main sur son bras. Faut pas toucher au monde dans ce temps-là. Ça exploserait. Un gun sur le côté. Meu non, meu non.

Boris soupire. Tant pis pour le yogourt. Adieu le pantalon de laine, la robe noir et blanc, et la robe bleue, ah, ça y est, la Dolce se souvient d'où elle sort. Du bazar où la Moukère avait acheté la guitare espagnole. Où elle avait croisé Juliette.

J'emménage juste en arrière de chez vous ! avait annoncé Juliette. La Dolce lui trouvait des airs de greluche recyclée. Kunel écoutait. Il venait de répéter un air, **Michel Strogoff**. *Juliette revient souvent dans le décor,* trouvait-il. *Bien obligée, elle est dans le décor,* avait précisé la Dolce. L'arrivée de Juliette dans le quartier lui faisait autant d'effet que si elle avait avalé un parapluie.

— En m'étirant le cou, je peux voir dans ta cuisine, avait insisté Juliette.

Là, Kunel avait vérifié. Il s'était levé et, de la fenêtre, avait mesuré si c'était possible.

La Dolce trouvait ça trop. *Je devrais être heureuse, sauter au plafond, peut-être. Qu'est-ce que tu veux, elle t'aime,* avait dit Kunel d'un air narquois.

À la poubelle, ça aussi. Un chandail gris en laine piquante, cadeau de Juliette à la Dolce. *Pour que tu aies chaud, que tu sois belle et troublante.* C'était gênant à la fin. Toujours se faire attifer comme un fantasme. *T'avais rien qu'à refuser le chandail.*

Ouais.

Mince la frontière entre l'orgueil et le besoin. On t'offre un chandail. Tu dis oui. Dans le chandail, tu trouves toutes sortes de choses dont tu n'as pas besoin. Accepte la bride à cheval donné, le kit Ikéa et tue ton désir à suivre le mode d'emploi. Prenez le panneau A et le panneau B, glissez la languette F dans la charnière destinée à cet effet. À la fin, tu te retrouves avec une potence dans ta cour.

Après l'histoire du chandail, Juliette arrivait de plus en plus souvent à l'atelier d'écriture les bras chargés de bebelles de luxe. Le vieux truc du vendeur qui ne vous vend rien la première fois mais qui revient chaque semaine.

Elle déballait une boîte de biscuits au chocolat à vingt-cinq dollars. Une apparition. Là, Kunel avait craqué, lui aussi. *Juste pour goûter.* Un biscuit, deux. Il salivait à l'idée de manger autre chose que du Cheez Whiz sur du pain blanc collant. *Il y a aussi du miel, de la levure, c'est bon pour la santé, très très bon pour la santé,* clamait Juliette en sortant des pots et des boîtes de conserve d'un grand sac. Elle déposait tout cela sur la table de travail, en face du grand gyproc, **les choses résistent**. Elle avait passé la rue Saint-Hubert au peigne fin. Une vraie razzia. *Faut pas que j'y retourne avant un petit bout de temps!* gloussait-elle fièrement. La Dolce attendait qu'elle finisse son numéro. Les autres abdiquaient. Ç'aurait été fou de refuser de la bouffe, comme ça, à quelques jours de Noël. De la mayonnaise maison, de la moutarde de Dijon.

— De la vraie! sifflait Lek en lisant l'étiquette. Des bouteilles de patchouli, des savons au jasmin, et ça, c'est quoi ça? demandait-il à Juliette en lui montrant une petite fiole.

— Ah, ça, roucoulait Juliette, c'est de l'huile de massage qui ne tache pas les draps.

Et là, elle avait passé la main dans ses cheveux tout en adressant un sourire mielleux à la Dolce. Le sourire de la lubricité, celui qui n'a rien de drôle en public. Croche. Avant Noël, on a le cœur tendre.

Et ça va bientôt recommencer, se dit Boris en regardant le calendrier. Dans quelques jours, c'est l'Halloween. Après le jour des morts, les commis collent de nouvelles étiquettes sur les articles. Les prix doublent, incluant celui du papier de toilette. Les gens vont avoir de la visite et ils vont consommer une double ration de *torche papir*, comme dit le tio. Au moins, Sim joue bien de l'accordéon.

Juliette avait plié les sacs en papier pendant qu'ils mastiquaient comme des enragés. *Vous pourriez venir souper chez moi au jour de l'An si vous n'avez rien d'autre à faire*, avait-elle minaudé.

— Do, do, ré, ré, piochait Mario.

Assis sur le banc de piano, il mangeait un sandwich à la levure en relisant la partition de **j'attends**, un poème de Lek qui devenait tranquillement une chanson.

Mario avala sa bouchée, il se tourna lentement vers Juliette et lui dit :

— On verra.

— Comme vous voulez, répondit Juliette en enfilant son manteau.

Puis elle aperçut la guitare espagnole dans le coin entre le piano et la garde-robe :

— Dolce, est-ce que je peux emprunter la guitare ?

Quand je pense que j'ai avalé une bouchée de ce yogourt, se dit Boris, penché sur ses feuilles. La fermentation, c'est fort. Ça soulève n'importe quoi. Il y a de la poussière sur la machine à écrire. Allez, un autre paragraphe cochon. Anna voit l'homme entrer dans le bar. Elle le suit depuis quelques soirs. Dans son sac, une paire de lunettes noires, elle les sort et les ajuste sur son nez. Dans la pénombre, elle s'approche à quelques pas de lui. L'heure de la chasse achève, le gibier est levé. Maintenant ou jamais. Dans le piège, il est dans le piège, ronronne Anna, les seins hauts et durcis, elle pince ses mamelons en douce, le parfum est celui d'un fruit mûr. Dans les yeux de la proie, il y a de l'amour. La main d'abord. L'homme a de belles mains, elles font le tour de ses reins, de ses seins, une spirale. Le frottement du tissu qui crie. Ce n'est pas long, la bosse dans le pantalon. *Hi, hi.* Une octave dans la main. Furtif, éternel. La proie ne craint rien, Anna ne porte pas de bijou. Des ornements lourds comme des melons, une odeur d'amande. Que demander de plus. Jouir.

Nonno avait dit, *plus vite t'auras fini, plus vite t'auras les sous.*

Salaire à la pièce.

Et plus vite je vais me sortir de ma merde, lui avait répondu Boris pour résumer la situation.

— Il fait chaud ici, avait-il ajouté en s'éventant.

Assis derrière son bureau, Nonno jouait avec un porte-plume que son banquier venait de lui offrir. Il y avait quelque chose de différent dans son look, ah, voilà, il s'était fait teindre la barbe en noir. Nonno regardait Boris d'un air qui voulait dire, *t'as tout compris*. Il retournait le porte-plume entre ses doigts, examinait les côtés de l'objet.

— Au fait, c'est un thermomètre, lui dit Boris en rassemblant les feuilles du contrat.

— Quoi, ça? Un thermomètre?

— Oui, regarde, ce spectre, bleu foncé, bleu clair, vert forêt, vert pomme, jaune, orange, rouge, les raies s'illuminent selon le degré de la température.

Sceptique, Nonno dit :

— On va voir si t'as raison.

Ah, les patrons, j'te dis.

Il posa le porte-plume sur le calorifère qui bordait la baie vitrée. Il se croisa les mains comme Scully.

— Ça ne devrait pas être trop long.

— Plus vite tu termines ces chapitres, plus vite...

— Je parlais du thermomètre, coupa Boris. Au fait, qui me dit qu'ils te plairont, ces chapitres?

Agacé, le Nonno. Très agacé. Faisait chaud.

Qui me dit, pense Boris, que Nonno n'aimera pas mieux lire le vent souffle du lac, au lieu de le vent soufflait sur le lac, au chapitre deux. Traduire la tournure, c'est assez facile, mais deviner la lecture des autres, c'est comme essayer d'identifier les étoiles par un beau soir de canicule à la campagne. *J'te dis que c'est Jupiter! Non, c'est Saturne! Pas à ce temps-ci de l'année, voyons!* En tout cas, le vent souffle du lac. Non. Le vent souffle sur le lac. Merde. Il y a du vent qui vient, qui vient du lac. Tourner le lac dans tous les sens. Le lac est couvert de vent. Le lac, couvert de vent, soufflait.

— Mais tu as raison! éclata Nonno. C'est un thermomètre!

La raie rouge était allumée. Il faisait vingt-cinq dans le bureau de Nonno.

— Tu as toujours raison, reprit-il d'un air pensif, presque triste, absorbé par le thermomètre.

Un peu plus à l'est. Dix degrés. Fauché. Lek. Kunel. Mario. Boris. La Dolce. Trente et un décembre. Une bouteille de vin rouge. Minuit moins quart. *C'était bon?* demande la Dolce, angoissée. *Fameux*, dit Kunel en retenant un rot. Il ramène ses longues jambes sous sa chaise. Lek torche son assiette. *J'ai pas encore fini*, dit-il. Fauché est déjà au piano. Soudain, il éclate de rire. Quelques parachutes s'échappent de son nez.

— On va bientôt commencer l'année tout nus dans la rue!

Tout le monde rigole. C'est vrai, ils sont tout nus dans la rue, à un détail près. À eux tous, ils sont à peine parvenus à se dégotter assez de sous pour un litre de vin.

— Allons prendre une photo dehors, pour que ça fasse plus vrai, suggère Fauché.

La Dolce sort son appareil-photo. Ils se lèvent tous de table et se dirigent vers la porte. Dans le corridor, ils rebroussent chemin sous l'ordre de Kunel, *c'est pas logique, déshabillons-nous et prenons la photo dans l'appartement.*

D'accord. Tout le monde tout nu. Lek installe l'appareil-photo sur le tabouret, règle le déclencheur automatique à dix secondes, puis se range à côté des autres. En rang d'oignons devant le grand gyproc. Clic.

— Ça s'arrose, déclare Lek en se redressant.

Il débouche la bouteille.

— Avec tout ça, il est minuit, ricane Fauché en remettant ses lunettes.

Yeah, man. C'est fini. Les fêtes sont finies. On se rhabille. On va faire de la musique. On va déranger personne, tout le monde veille tard cette nuit dans le quartier. Juliette ne les avait pas relancés. Yeah, man. Sauvés.

— Qu'est-ce que vous avez fait à Noël ? demande Fauché gaiement.

— S'est fait chier comme des rats morts, répond Lek en faisant remonter ses doigts sur le manche de sa guitare, jusqu'au do le plus aigu. Fauché fait jaillir cinquante parachutes sur le piano.

Touloulou, toulouloupe.

Le téléphone. Ça ne pouvait pas être les voisins pour leur dire de ne pas faire de musique. *Du bruit*, comme ils disent. Ça ne pouvait pas être leur mère, leur père, pour leur dire *bonne année*, et ça ne pouvait pas être,

C'était Juliette.

— Allô ! C'est moi ! Bonne année !

La Dolce enfouit le téléphone sous son chandail. Juliette les invite tous à souper, *pour l'Épiphanie !*

Mario regarde Kunel, Kunel regarde Lek, Lek regarde la Dolce. Fauché pianote.

— O.K., on ira, tranche Kunel, pour la bouffe, ajoute-t-il en chœur avec Mario.

La Dolce transmet le message à Juliette :

— Ça marche. Je te laisse, on est en répétition.

Elle raccroche en soupirant, la bouffe, la bouffe...

— C'est elle qui l'aura voulu, dit Lek d'un air dégoûté.

Fichue manie de prendre tout le monde par l'estomac, quand ça ne marche pas avec le sexe. *Juliette veut peut-être se faire enculer ?* lance Fauché, sérieux.

Ça jouait aux durs.

— Vous êtes dégueulasses. Vous ne pensez pas ce que vous dites. Juliette veut un peu d'attention. Elle est toute seule avec son petit garçon, elle nous invite à souper, elle...

— Macache, oui ! riposte Kunel en écrasant son mégot, une vieille rouleuse rallumée deux ou trois fois.

La Dolce s'énerve. Tapote le cendrier plein. Elle le vide ou elle ne le vide pas ? *Tu ne le vides pas,* dit Kunel doucement. *C'est tout ce qui reste de tabac.* Les mégots de l'estrême urzence. *S'cuse,* dit-elle en redéposant le cendrier.

Pas grave, disent les yeux de Kunel. Tu sais bien que je t'aime.

Elle n'y pensait plus, elle avait oublié une fraction de seconde que...

— Ça va, pas besoin d'en rajouter, fait Lek sur un accord reggae. Yeah, man.

Ils étaient pauvres comme la gale. Pour boucler le budget, ils avaient travaillé comme des imbéciles, répété des âneries dans un bureau, vendu de l'essence dans une station, essuyé des pare-brise crottés. Vendu des disques aux gens qui sortent du bureau le jeudi soir et se tapent toutes les boutiques de la Catherine aussitôt après avoir encaissé leur chèque de paye, *un misérable deux cents tomates, bouffé par l'impôt par-dessus le marché!* avait souligné Charlie boy au souper de Noël, histoire de remettre la Dolce dans la réalité.

— Te rends-tu compte! tonnait-il. J'ai engueulé la secrétaire, elle ne voulait pas me donner mon quatre pour cent de vacances.

— Ah, bon, répondait la Dolce.

— C'est tout ce que tu trouves à dire? lui lançait-il, l'air furieux.

Elle se versait un verre de vin. Noël, Noël. Pour une fois qu'il l'invitait à souper. Elle approuvait, il avait bien fait d'engueuler la secrétaire.

C'est vrai, il faut gueuler, il n'y a que ça qui marche. Charlie boy ne disait plus rien, elle le relança :

— Et finalement, est-ce que tu as eu ton quatre pour cent?

— Pas encore, répondit-il, l'air penaud.

Ils sont obligés de le lui donner, scandait la Moukère en martelant la table. *Ils sont obligés, c'est la loi. C'est la loi, ils sont obligés.* Sa voix rauque couvrait à peine les notes de piano qui montaient de chez Kunel. Charlie boy regardait la Dolce. *Ouais, c'est vrai, ils sont obligés,* fit la Dolce en clignant des yeux. Elle avait l'oreille tendue, Lek aussi d'ailleurs, le nez dans le verre de vin, *ah, ils sont beaux les verres à vin en cristal que grand-maman t'a donnés.*

— Tu bois beaucoup, répliqua Charlie boy.

Quoi encore? Il n'y avait qu'une seule bouteille de vin. *C'est ça, je suis alcolo parce que je déguste un verre de vin.*

Charlie boy ajouta :

— Tu fumes beaucoup aussi.

Ta.

Je ne reviendrai plus ici, pensait la Dolce. C'est pas possible. Toujours quelque chose à redire. Et le piano qui jouait, qui jouait, *non, mais dis-le si ça te déplaît que je sois là.* Lek mit la main sur la cuisse de la Dolce. *Ah, mon Dieu, mes enfants, mes pauvres enfants, j'ai encore l'impression que votre père est là, il vous a rendus tellement nerveux, on ne peut jamais avoir la paix,* chicanait la Moukère. Gémissements, fourchettes tristes dans l'assiette. Charlie boy se calma et changea de sujet.

— As-tu vu ce que j'ai acheté?

— Très beau, très beau, dit la Dolce sans regarder.

S'en sacrait comme de sa première culotte de ses reproductions d'affiches de cinéma, s'en sacrait vraiment, au plus profond d'elle-même. L'image de son vieux évoqué par la Moukère lui brûlait l'estomac. Ratait pas une occasion, la Moukère, pour insérer le paternel dans la conversation. Souvenir aigre. Manipule, manipule. *Aimes-tu ma nouvelle bibliothèque?* continuait le frangin. *Ouais.* Décidément, La Dolce avait la langue de plus en plus épaisse. Charlie boy se leva et tira du rayon un bouquin sur le cinéma, *tu ne m'offres plus de bouquins. Avant tu lui donnais toujours un beau livre à Noël,* de commenter la Moukère.

Lek faillit s'étouffer. Pardon.

Encore un livre, s'était plaint Charlie boy pendant des années. *Tu ne lui offres jamais autre chose que des livres,* ajoutait la Moukère.

La Dolce reprit avec patience :

— Tu n'aimes pas le chandail ?

Merde pour le chandail, se disait-elle, j'aurais pu trouver trois beaux bouquins sur la rue Saint-Laurent. Ça s'use moins vite, ça se démode seulement quand on ne lit plus. Ni lavage ni repassage. Elle s'était finalement rabattue sur un pull. *C'est tout ce que je peux mettre,* avait-elle dit au vieux salamalec, un chiffonnier hors pair. Il avait pris les billets. En ressortant de la boutique, elle se demandait encore si le chandail plairait à son frère. Oui, il devait aimer ça. De son côté, Charlie boy avait couru les rabais, même s'il était cousu d'or. *Tu ne peux pas lui reprocher d'être économe,* disait la Moukère à la Dolce.

Bien sûr que non.

Là, Kunel avait cessé de jouer. Pour bousculer le silence, Geraldo, qui avait servi le repas, s'assit enfin et accorda sa guitare. Il s'esquintait à frapper le diapason sur sa cuisse en maintenant l'instrument de l'autre main. *Tu vas déranger les voisins,* persifla la Dolce.

— Tu ne veux pas m'écouter ? fit Geraldo tristement.

Il venait d'une famille unie. C'était le premier Noël qu'il passait loin des siens et de son Abitibi natale. Charlie boy était profondément attaché à lui, grâce à sa douceur et à sa pondération.

— On t'écoute, intervint Lek, pacifique.

Ils avaient droit à une démonstration de guitare. Geraldo chanta *c'est pendant le mois de mai.* Clap. Clap. Clap. Applaudissements et pleurnichage. Pendant ce temps-là, Kunel, tout seul dans son appart, ripostait du piano. On l'entendait bien, oh, comme on l'entendait bien de chez Charlie boy. Oui, oui. À cause de la cage d'escalier. La Dolce se rongeait les ongles jusqu'au sang, crachait des rognures sur la nappe bleue, assortie aux murs de la salle à manger de Charlie boy. Lek fumait clope sur clope. Pas tellement envie de discuter. Il croqua une olive, lança une œillade à la Dolce. *On est là pour la bouffe. Merde.* C'est ce qu'il pensait, et Kunel était d'accord. Ça faisait plus que chier de savoir Kunel tout seul à Noël. *On se reprendra chez Juliette.* C'était ça, la pauvreté. La leçon de choses. Souper chez ceux qui ne piffent pas ceux que l'on aime. *Je vais là où tu vas,* chuchotait Kunel à l'oreille de la Dolce. *Moi aussi, Kunel, je vais là où tu vas.* La question ne se posait pas. Mais depuis un bout de temps, Kunel n'était pas bien dans ses souliers. Au moment de partir, il décidait, souvent à la sauvette, *je n'y vais pas, je n'ai pas envie.* Maux de cœur. Questions à ne plus finir. Des problèmes de feu. D'allumage. *Il te dit qu'il n'a pas envie d'y aller, alors, nous, il ne nous reste plus qu'à y aller, c'est simple comme bonjour!* affirmait Lek. Les yeux humides. Il poursuivait, exaspéré, *moi, c'est fini de me poser des questions, y en a marre à la fin. De toute façon, ça ne donne plus rien.* En même temps, il agitait le pied, se tortillait sur sa chaise. Boris ne disait mot. Pas habitué de rester longtemps assis sur une chaise. Boris regardait les murs. C'est trop petit ici, *c'est trop petit ici, les amis, on n'en sort plus, des choses étriquées, mesquines,* osa-t-il dire. Il avait le cœur gros et ajouta, en avalant sa salive, *j'ai peur que mon cœur devienne petit.*

Basta! avait hurlé Kunel en niant l'enfer de la situation. Il n'était pas invité au souper, il jouerait du piano. *Accroche-toi, mon bonhomme.* Il ne restait que ça, Boris le savait, la Dolce le savait, et Lek le savait aussi plus que tous, *musique, s'il vous plaît.*

— Cet enfer-là, je voudrais bien savoir où il a commencé, a avoué Boris à Labine.

À quoi ça te sert de te torturer la tête avec ça, disait Labine en lui versant une deuxième rasade de vin. Du

Si, si, si. Labine ne sait pas lire. Il appelle ça du *voui voui voui. Awaye! Bois, bois!* ordonnait-il en voyant que Boris n'avait pas encore vidé son verre. Ah, il veut savoir jusqu'où je peux me rendre, pensait Boris. Il va le savoir. Il a parlé. *C'est ça, c'est ça. Parle, ça va te faire du bien,* a fait Labine, le coude en l'air. Boris lui a donné des explications sur l'appartement. Il a d'abord tourné autour du pot. *Je ne veux pas te casser la tête, tu comprends, Labine, habituellement, je... je ne parle pas beaucoup. Je me dis, ta gueule, Boris. Crac, du scotch tape tout le tour de la face.* Il regrettait de se livrer, mais ne pouvait s'en empêcher. Il savait que le beau Labine avait intérêt à l'écouter, oh, oui, le beau Labine l'attendait dans le détour, *Labine, tu es un vrai serpent à sonnettes.* Boris avala une autre gorgée. *Labine, j'te vois venir avec tes gros sabots.* Une autre gorgée. *Quelle saloperie, cette vinasse.*

— T'es un petit futé, toi, qu'il a dit à Labine.

C'était simple, Labine avait repéré la Dolce depuis le premier jour. Il la voyait comme une veuve éplorée. Ça commence toujours par un service. *J'peux vous aider, madame, si vous voulez,* avait-il dit en la voyant pousser la Mazda. Elle était seule ce jour-là. *Le monsieur va t'aider!* avait approuvé Adrienne. *La balayeuse est à la veille de passer,* avait-elle ajouté en pointant du doigt le spoutnik orange de la Ville. *T'es mieux de te faire aider! T'as pas ben le choix.* Rusé, Labine avait attendu patiemment que la Dolce se branche.

— Un gars s'essaye, a répondu Labine à Boris en guise d'excuse.

C'est ce que dit le tio aussi quand il explique la vie au petit Roseau, *quand on te fait zougoulou, tu réponds zougoulou, sinon, les humains ont vite fait de t'embobiner, les hommes surtout, hou, hou, hou, j'en sais quelque chose, hou, hou, hou,* grimace le tio. *Comment ça se fait que tu sais ça, toi, le tio ?* Gifle. Gifle. Caresse, caresse, vite, tite caresse sur gros bobo. *C'est qui ça, le tillo ?* demanda Labine. Boris regarda Labine d'un œil torve et le saisit par le col de sa chemise. *Le tio ? Tu veux savoir qui est le tio ? Eh bien, j'vais te le dire, c'est un type qui a toujours les bras ouverts, à condition que ce soit lui qui t'ait fait mal. Et puis j'te conseille pas de t'essayer avec lui si jamais tu le croises.*

— T'es pas en train de t'essayer trop fort, hein, Labine ? lui avait demandé la Dolce quand il avait poussé l'audace de l'inviter à boire une goutte.

Elle n'était pas si dupe que cela. Elle avait accepté.

— Bois, bois, avait répondu Labine en soupirant.

Accoudé sur la table, il avait fermé les yeux et l'avait flattée, *t'es donc belle.*

Le vent souffle sur le lac. Troisième cigarette. Boris se frottait les mains. Boulot, boulot. Il travaillerait dès que Sim et Lek seraient partis. Le vent s'élève sur le lac. Troisième tasse de café. *Il est bon, ce café-là.* Mmmm. Il écoute distraitement la Dolce dire au revoir à Lek. Ce matin, le krach occupe six pages du journal et a tenu le tio passablement absorbé. Hier, le krach avait pris quinze minutes de la conversation. Des records Guinness tous les jours. Boris attend que tout le monde parte en se disant je vais me refaire du café. Il reluque la cafetière que l'oncle Sim a récupérée chez une dame de la haute où lui et Lek rénovent ces jours-ci.

— La haute change de look. La couleur ne va plus avec sa cuisine, a expliqué le tio en astiquant la cafetière jaune moutarde comme s'il s'agissait d'une pièce d'argenterie.

Le jour du krach, Sim et Lek étaient rentrés du boulot plus tôt, bedigne, bedagne, ils montaient un objet lourd dans l'escalier. Boris leur avait ouvert la porte. Ils transportaient un lave-vaisselle. Même raison. La couleur ne s'harmonisait plus avec le reste.

— Qu'est-ce que tu vas faire avec ça? avait demandé Boris au tio.

Lek était de la partie. La semaine précédente, il avait déniché une table tournante. La Dolce n'en revenait pas. *Elle n'est pas chic,* avait dit Lek, *mais c'est mieux que rien. On va pouvoir écouter de la zique. Et si jamais on fait une fête...* Une fête, soupire Boris en s'approchant du pick-up. Le cœur lui tortille rien que d'y penser. Il n'a pas fêté depuis... Dur de fêter quand le copain n'y est plus. Le monde guette ce que tu vas dire, ce que tu vas faire, scrute ton visage pour voir si t'as pris un coup de vieux, si le chagrin t'a ravagé le visage, une lèpre qui creuse les yeux. Si t'as déjà oublié, si c'est du passé. Si tu ris, tout le monde fait ouf.

Ris donc! se dit Boris en regardant le reflet de son visage sur la vieille bouilloire qu'il s'apprête à ranger dans le haut de l'armoire, comme le lui a demandé le tio.

Grotesque.

Non, vraiment, ça ne tourne pas rond.

Le téléphone sonne. C'est la Moukère. Il y a des rats sur la neuvième, et s'il pouvait faire le message à la Dolce.

J'te dis. J'te dis.

La vie ressemble trop à la Bible. Des plaies, des châtiments, des maladies honteuses, des martyres, des promesses. Il ne manque plus que les cœurs qui saignent.

Peut-être devrait-il aller faire un tour chez Lysbeth. Lysbeth n'aime pas les cœurs qui saignent.

Coucou!

Chez Lysbeth, la porte est ouverte. Les colporteurs se heurtent au vide. On voit jusqu'au fond de la salle à manger. C'est gênant. Un twit piétine sur le seuil, il n'ose pas frapper. On se croirait en Afrique, où les vieux noueux cousent des moustiquaires à travers des kilomètres de tulle, les coudes soudés à un vieux moulin Singer. En face, il y a une manufacture, un immeuble bleu marine en briques.

Le quêteux tousse pour attirer l'attention. Lysbeth se lève, enjambe les deux vélos et le bric-à-brac aligné dans le corridor. Le type lui présente des modèles de calendriers.

— Regarde, celui-là, il est beau, fait-il en réajustant sa sacoche en bandoulière bourrée de calendriers saints. Ça lui scie les épaules, ma parole.

Lysbeth fait une moue dédaigneuse. Change de jambe.

— J'aime pas les cœurs qui saignent, dit la belle. Je vais prendre l'autre modèle.

C'est ça, continue à rêver.

Dégoûté, Boris allume une clope. Il devrait se tirer de là. C'est pas vrai qu'elle va acheter un calendrier. Lysbeth file dans la chambre conjugale. Elle fouille dans une de ses cachettes, Boris entend la monnaie tinter, le froufrou des boas en plumes, le froissement des jarretelles, le cricri de la soie, la morsure des dentelles. Deux piasses pour un calendrier en papier glacé, terre sanguine, ciel bleu turquoise, des personnages aux traits tirés qui harponnent d'autres personnages, des gens qui pleurent devant une croix vue de dos, toutes sortes de machins comme ça. Des hommes en jupes, d'autres en toges. L'ancien temps. Lysbeth tend l'argent au colporteur en lui adressant un sourire pepsodent. Il repart à reculons en boitant. Boris n'en revient pas.

Une collectionneuse.

— Tu fais la gueule ? lui demande Lysbeth en lui servant un café.

— Les calendriers saints, réplique-t-il.

Du colportage à domicile, des peurs suivies à la trace, une image à brailler au-dessus des jours, non merci. Lysbeth hausse les épaules et épingle le calendrier sur le mur en face de la machine à coudre. *Dans le temps,* balbutie Boris, *ça me passait dans la tête de souhaiter que le Christ revienne et qu'il écrive une fois pour toutes sa façon de penser.* Il fait la grimace. *Laisse tomber ce calendrier, Lysbeth.*

Il ne pouvait croire à ça. Ni à ce qu'avait dit Mario.

Il va revenir! gémissait Mario, les yeux hallucinés. *Ta gueule, Mario.* Pauvre Mario. On a le choix. Pendant que Lek lui tenait les bras et la Dolce, les jambes, pour qu'il ne se cogne pas la tête sur le plancher, Mario criait, *il va revenir, il va revenir, il va ressusciter, il va revenir, il va...*
Deux minutes de délire. Où Kunel était au bout d'un grand escalier, en haut dans le ciel. Du Chagall... Boris n'en revenait pas et répétait en s'arrachant les cheveux *assez, assez, assez.* La Dolce caressait la tête de Mario. Le malin s'était finalement endormi, avait plongé dans un sommeil très lourd, épuisé, hébété par la bouteille de vin qu'il avait calée avant l'arrivée de Fauché. Pendant ce temps, Fauché faisait les cent pas dans la cuisine. Il ouvrait et refermait la porte du frigo. Il attendait que partent Lek et la Dolce. *Il faut faire ficelle*, dit Lek.

Le taxi allait bientôt arriver.

L'envie de chier au ras des tripes. *Ça me rend malade, les départs,* explique Boris à Lysbeth. Dire qu'il devait remettre la première partie d'Anna le lendemain. Mario ronflait sur le tapis du salon.

— J'vais m'occuper de lui, dit Fauché.

Mais lorsqu'il aperçut Mario, ses yeux s'agrandirent sous ses lunettes. Il l'avait dit. L'impression prodigieuse que Mario pouvait se lever, chercher à se tuer et, peut-être même, à le tuer lui aussi.

— Cache les couteaux, lui suggéra Lek avec nervosité.

— Ouais, renifla Fauché.

Lek voulut le rassurer :

— Mario est assommé. Il ne bougera plus.

— Ouais.

— T'as qu'à hurler! Tout le monde t'entendra!

Fauché ne répondait pas. Lek se retourna. Fauché essuyait ses lunettes. Ses grands yeux violets étincelaient, humides. Il avala sa salive, serra les dents et dit d'une voix vibrante :

— Le voisinage s'en-sacre-comme-de-l'an-quarante !

Ils ouvrirent leurs bras.

Dehors, ça klaxonnait. C'était une femme au volant du taxi. Une belle femme. *Tu n'oublies rien ?* demanda Fauché. *Non, je n'oublie rien,* répondit Lek en soulevant sa besace bourrée à craquer. *À tout à l'heure,* murmura faiblement la Dolce à Fauché, la main sur la poignée. Dans le taxi, la femme les laissait tranquilles. On aurait dit qu'elle savait tout. Boris, assis devant, les écoutait : *Lek était obligé de retourner en France. L'immigration. Ah, oui,* fit la dame. *Ce n'était que partie remise. Pas ça qui allait les arrêter, non, oh, non, certainement pas ça, pas des histoires de frontières, ou de politique, non, madame.*

— Comme ça, monsieur va revenir ? Ou madame va aller le rejoindre ? demanda malicieusement la belle dame en regardant Lek et la Dolce par le rétroviseur.

Elle conduisait tout doucement. La Dolce regardait à gauche. Lek, à droite. Un nuage. La belle dame faisait attention, freinait en douceur à chaque feu rouge. Là, ils rirent. Nerveux comme des lapins. La Dolce remua les oreilles, frotta son nez. Elle frotta sa main, gratta le coude de Lek sous la manche de son blouson. Boris ne veut pas dire ce qu'il y avait dans leurs yeux. Autant dire de quelle couleur était le cheval blanc de Napoléon.

Lysbeth est tout ouïe. En filigrane, un air de **Dead Can Dance**.

La Dolce et Boris rentrèrent en car à Montréal, l'avion de Lek passait devant la pleine lune. Le long de l'autoroute filaient des poteaux aussi grands que Kunel au garde-à-vous, et, voyant cela, la Dolce se frotta les yeux, la tête appuyée contre la vitre, en disant, *je suis fatiguée, moi, je suis très fatiguée.* Ça ne finissait pas là. Oh, non, il fallait revenir et prendre soin de Mario. *Laissez-moi pas tout seul! Laissez-moi pas tout seul!* avait-il hurlé en hoquetant, réveillé en sursaut par le bruit de la porte quand le taxi était arrivé, comme un enfant de cinq ans au milieu de la foule, paniqué au milieu des badauds qui passent et repassent dans tous les sens. Au milieu d'une forêt quand les arbres tournent en rond autour de soi. *Laissez-moé pas tout seul.*

Quand il ne restera plus rien. Quand il ne restera plus rien. Quand tout sera brûlé, il restera encore quelque chose. Je n'en ferai ni un talisman, ni un collier, ni une parure. Je vais, nue, sans contrition, sans absolution. Dans le vent. Les cendres. Je sais, je sais. Cet os de la tempe.

Oui, oui.

La Dolce a conservé l'os. Poli et repoli, un caillou dans l'eau brune. Elle le dépouille de ses scories, le fait reluire. Le glisse dans le pli de sa chemise, dérobe l'éclat d'os en prenant soin que personne ne s'en aperçoive. Ils ont tous détourné la tête, respect des moments intimes. Charlie boy l'a vue; il rentrait du jardin. Il voulait lui dire qu'il venait de planter un arbre. Pourtant, il n'a rien dit.

Elle nettoyait le bout d'os.

Ça, ils ne le brûleront pas. Os de tête, de tête qui faisait mal, *ne dites pas que sa tête ne lui faisait pas mal.*

Mario frottait les éclaboussures sur le mur, en rond, le con, il ouvrait la bouche pour dire une niaiserie du genre, *je l'ai suivi, oui, je l'ai suivi. Tais-toi, mais tais-toi donc...* répétait Boris, sans articuler. Il y avait une deuxième balle dans le fusil. Ne pas rater son coup. Inviter quelqu'un. *Kunel était dangereux fou,* disait quelqu'un. *All right. O.K. C'est dac. On est tous d'accord.* Ils sont tous d'accord. C'est bien le moment d'être tous d'accord. Cela prend des heures à se faire entendre.

Dans la chambre du mort, *qu'avez-vous juré.* Apprendre
le langage des sourds. Avoir du nez. Comme dit Carlos,
être un chien qui a du flair. Les beux n'ont pas de flair.
Ce sont des constables. Ils constatent. Ne pas en
demander davantage. *Qu'est-ce que tu peux vouloir de
plus, hein?* demandait Carlos à Boris.
Un souper chez des amis.
Bien sûr. Lek était revenu après les trois mois régle-
mentaires de l'immigration. La Dolce ne parlait pas
beaucoup. Tom Waits jouait. La cassette de musique était
rendue au bout de son rouleau. Ça cillait, dans son oreille
agacée. Rewind. Ça recommençait. Le bruit du passé.
Dehors, une sirène d'ambulance. Dehors, les arbres
absents. Le retour de Lek. Elle brûlait des feuilles. Il y
avait des milliers de feuilles à brûler. Elle avait pris tout
l'été pour les brûler. Et là, Lek est de retour. Elle dit que
ça lui a fait du bien de les lancer sur les flammes, de se
boucaner la face. *Pas ce soir,* lui murmure Lek. *Ce soir,
on est chez des amis. Des amis qui font à souper. Qu'est-
ce qui fait ce bruit-là?* demande-t-elle. Des amis qui se
lèvent pour servir l'entrée. S'asseyent. Il manque une
fourchette. Les amis se relèvent. Mettent de la musique.
Écoutez ça, disent-ils. *À part de ça, comment ça va?*
demandent-ils. La cassette fait wouinwouinwouin.
Qu'est-ce qui fait ce bruit-là. LA CASSETTE. Elle a
bien articulé pourtant. Ils n'entendent pas. Ils sont en
train de dire, *à part de ça, comment ça va?* Il y a six
personnes autour de la table. Elle les compte. Elle répète,
c'est la cassette. Geronimo écrase sa cigarette. Il y a trois
cendriers sur la table. Six assiettes remplies de laitue, de
millet, de trucs rouges et verts. *Pas tout de suite,* murmure Lek, assis carré sur sa chaise, refusant le plat à
salade que lui tend Geronimo. Tout va trop vite. *Tu vas
échapper ta cendre,* dit Lysbeth à Lek. *Tu vas échapper
ta cendre,* répète une autre fille qui est là et qui dévore
Lek des yeux. Dévore, si ça te chante, pense Lek en

mettant placidement sa main sous sa cigarette. Lysbeth et l'autre fille le contemplent, fourchette et couteau dans les airs. Beau mec. *Ah, c'est la cassette qui fait ce bruit-là.* Bla bla. Bla bla et bla. Les filles taquinent la Dolce. Elle est autoritaire. Possessive. Geronimo se mêle à la conversation. *Jalouse, peut-être?* Je dois être morte, pense la Dolce. Elle a dit quelque chose et c'est comme si elle n'avait rien dit. Elle retrouve sa phrase dans les autres bouches. Trois minutes s'écoulent. L'impression du subliminal. Son regard s'arrête sur la bouteille de vin. Allons-y pour le social.

— Le vin est bon, observe la Dolce.

— La meilleure cuvée du dépanneur, ricane Geronimo.

Je m'ennuie. je m'ennuie, je m'ennuie. Ici, il n'y a pas de piano, il n'y a rien. Au fond du corridor, un répondeur qui clignote. Le téléphone sonne sans retentir. Geronimo se lève, répond consciencieusement, sur un autre ton. Dans une autre langue. Je ne voulais pas être ici. Je n'ai jamais souhaité être ici. Lek tente de serrer la main de la Dolce sous la table. Elle s'esquive. La balle a d'abord frappé Mario, paraît-il, elle l'a traversé, a frôlé Lek, *sors d'ici, sors d'ici,* a crié la Dolce à Lek, les bras en croix dans le cadre de la porte pour ne pas qu'il entre dans la chambre de Kunel. La balle a touché la Moukère, l'a fait vaciller.

La manie de retenir les gens de mourir.

Charlie boy a sursauté, s'est effondré sur une chaise, et Geraldo, l'ombre de Charlie boy, a écarquillé les yeux, il a serré les dents, serré les poings, il a serré, serré, serré. Touché. Un menuet épouvantable. Ensuite, qu'y a-t-il eu ensuite, espace, espace, la balle a filé, père, mère, sœur, voisin, voisine, passant, badaud, chauffeur, enfant, la chair de quelqu'un, nommez-le.

Serre les dents, c'est dans la tête que ça se passe, dit le tio quand il enlève une écharde au petit Roseau. Il craque une allumette et passe l'aiguille à laine dans le bleu de la flamme, pince la chair si fort entre ses gros doigts, gratte la peau. Une perle de sang goutte. Il pince jusqu'à ce que le sang ne coule plus. Il dit que cela nettoie la chair.

La porte s'ouvrait. Se fermait. *C'est Geronimo*, dit Lek. C'était bel et bien Geronimo. Il avait mis son beau veston de daim et peigné ses longs cheveux. Blanc comme un linge à la vue de la scène. *Je suis en retard*, balbutiait-il, serrant entre ses mains des feuillets. Tel qu'il l'avait promis la veille, une histoire qu'il avait écrite. **L'engorgé**. Boris a lu et relu le titre. *On lira plus tard*, a dit Boris en posant le manuscrit sur le piano à côté du testament. À l'abri du vent. Ce jour-là, il ventait sans cesse, les courants d'air s'engouffraient dans le corridor de l'appartement, une taupinière, une issue devant, et une autre, derrière. Toutes les portes battaient. Des gens sortis de chez Fisher se mêlaient au groupe, une toile à la main. C'était le printemps, le premier jour chaud, la rue s'était remplie de monde, la ruelle aussi, sans oublier les balcons, mais le silence régnait dans la galerie, un vrai plateau de tournage, parfois un talkie-walkie dans la poche d'un policier émettait une information, croustillait, *l'ambulance s'en vient.*

Tout est tranquille, répondait le policier, comme si cette phrase portait un message codé.

Il est arrivé ce qui devait arriver. Soudainement, le vent a fait claquer une porte sans que personne sursaute. Pas un chat n'a bougé. *Est-ce que quelqu'un a entendu le coup de fusil?* a demandé l'homme en uniforme. Col bleu. Non, personne, personne n'avait rien entendu.

Geronimo et la Dolce se regardent. Yeux brillants, bête sauvage, Geronimo quand il sort du bois pour s'approcher des humains, il rencontre des chiens couchés, maltraités, enragés, attachés au bout d'une chaîne, une chaîne assez longue pour se pendre. Geronimo cesse de mastiquer, avale une gorgée de vin. Il parle. Quand il est venu chercher Lysbeth et les enfants, après le souper, à l'heure du dessert, oui, il se souvient du dessert, des fruits et du chocolat, et de Fauché qui jouait aux échecs avec Jeremy. La Dolce avait sorti l'échiquier et avait offert à Gabriel un œuf de Pâques peint à la main. Lek allait sortir. Il avait enlacé la Dolce et murmuré à son oreille, *je vais chercher Kunel.* Elle avait agrippé le bras de Lek et plongé ses yeux dans les siens, *non!*

Il n'y avait pas de lumière là-haut. À minuit, elle avait été voir et avait reculé devant la fenêtre opaque. *Ah, bon,* s'étonna Lek. Intrigué, il avait téléphoné : ça ne répondait pas chez Kunel. À *minuit et demi, j'ai dit qu'il était assez tard,* poursuit Geronimo. La soirée était douce, tous s'attardaient, jasant sur le balcon, douce nuit de mi-avril, Lysbeth parlait avec Lek, Geronimo disait à la Dolce, appuyée mollement sur le cadre de la porte, il lui disait...

Bang.

— ... j't'apporterai le texte de **L'engorgé.**

Il avait cessé de parler, et la Dolce de l'écouter. Tous les deux avaient tendu l'oreille. *Un camion,* a dit Geronimo. À *cette heure-ci ?* s'est étonnée la Dolce.

Il se faisait tard. Elle l'avait embrassée, *à demain, j'ai hâte de lire ton texte.*

Geronimo, toi aussi, tu l'as entendu, le coup de fusil. À table, chez des amis. Pour célébrer le retour de Lek. *Avez-vous retrouvé la balle ?* a demandé l'autre fille. La balle n'était pas dans le mur, à croire qu'il n'y avait pas de balle. Qu'elle n'avait pas été tirée, qu'ils avaient tout inventé, que c'était une grosse farce, une grande rigolade, un truc pour faire peur, un truc pour faire réfléchir. *Pour nous faire couiner,* dit Lysbeth en reposant sa fourchette.

— Évidemment que vous n'avez pas retrouvé la balle, dit l'oncle Sim en haussant les épaules.

Il recoud son accordéon avec du gros fil à pêche noir.

— C'était une balle explosive. Une balle explosive, ça explose. Pouf dans la tête, comme ça, fait-il en écartant les doigts.

Einstein, le jour d'Hiroshima. Mauvais temps, une sale journée d'octobre. Boris calcule, le doigt sur le calendrier. Il ne reste que dix jours avant le premier du mois. Dix jours avant de partir. Il ramasse le courrier et referme la porte sur Sim et Lek. La Dolce n'attend plus de lettre, depuis longtemps. Ça fait un bail. Depuis... depuis le jour où elle a décidé de ne plus répondre aux lettres de Kunel.

Pas capable. Pourquoi pas ? lui avait demandé Boris. Elle lui avait montré les lettres de Kunel. Ces lettres où il disait *je t'aime plus qu'il ne l'est permis à un ange. Trop souvent entendu ça,* disait la Dolce avec hargne. *Je t'aime trop. Ou encore, je t'aime, mais de loin, toujours de loin. Je t'aimerai toujours. Je serai toujours là.*

Boris la rejoint dans la cuisine. Elle gronde devant le robinet qui fuit. Une poignée de flèches dans le cœur. Elle se lève et fout un torchon dans l'évier, *comme ça,* en attendant que Sim rapporte la clé anglaise, *la goutte ne nous ennuiera plus.* Avant d'aller habiter chez Sim, elle a rangé les lettres dans la boîte en carton, avec les photos, le lendemain du départ de Lek. Le lendemain de la mort de Kunel. Un bateau, un avion. Elle était sur le point de les maudire tous les deux, quel duel, mais Mario est revenu. Un vrai valet de carreau. Il arrivait de la quincaillerie avec une affiche rouge et noire. À LOUER. Il y avait inscrit le numéro de téléphone de ses parents, qui l'avaient recueilli, et une petite note d'explication à l'intention des intéressés : FRAPPEZ EN BAS. Lui, il partait pour l'Irlande, *alors, c'est encore nous deux qui allons écoper de ça ?* avait fait Boris.

Quelqu'un frappait déjà à la porte.

Bingo.

Bonjour, madame. Scusez, j'vous dérangerai pas longtemps. J'ai vu l'affiche. Je suis montée pour noter le numéro de téléphone. Je n'ai pas mes lunettes, vous comprenez ? J'ai oublié mes lunettes sur le comptoir de la cuisine, à côté du téléphone. Ça fait que je suis descendue. J'ai sonné.

C'était une petite vieille replète, vêtue de noir. La Dolce ne répondait rien. La dame précisa alors qu'elle avait sonné juste à côté. Le voisin de gauche, le beau Stef, lui avait dit :

— Allez frapper à côté.

C'est bien ici ? s'assura la vieille. La Dolce avait l'air sourde, alors elle ajouta, *votre sonnette ne fonctionne pas bien, hein ?* en agitant les doigts à la hauteur de son oreille égale à celle du bouton de la sonnette. *Non, madame.*

Charlie boy l'avait d'ailleurs fait remarquer à la Dolce à maintes reprises. *C'est pas de mes affaires,* disait-il, *mais la sonnette, tu devrais l'enlever.* La dame poursuivait :

— Voyez-vous, c'est pour ma fille et moi, il n'y aurait que nous deux dans l'appartement. Est-ce que c'est comme ici ? demanda-t-elle en jetant un regard derrière la Dolce.

Oui, madame.

Tous pareils les clapiers sur cette rue. Quatre pièces et demie ou moins. Des salons doubles.

— Ohhh, c'est merveilleux, s'extasiait la vieille dame.

C'était un quartier tranquille, une ruelle pavoisée de draps les jours de lessive. Parfois la turlute du marchand de légumes troublait la torpeur de l'après-midi, ou la cloche de l'affûteur de couteaux, qui s'installait à l'ombre de l'immense saule pleureur dominant la ruelle. Les enfants accouraient et se campaient devant la meule, les étincelles jaillissaient. L'affûteur, un Calabrais, s'essuyait le front, une femme lui apportait un verre d'eau fraîche. Il buvait lentement, souriant entre les gorgées, et repartait en hochant sa cloche.

— Oh, oui, madame, très tranquille, oh, pour ça, oui. Jamais de bruit, pas de voisin dégoûtant.

— De quel quartier venez-vous, madame ? s'interposa Boris.

Elle venait du centre-est Hochelaga.

— Ah, oui, madame, c'est très très tranquille. On dort sur nos deux oreilles, insista-t-il.

Il s'impatientait.

— Laissez-nous votre numéro de téléphone, madame. Mario vous téléphonera.

— Le loyer est à combien ? osa la dame en reculant d'un pas.

Boris murmura le prix à voix basse. Une obscénité. Une gifle.

— Ah, fit la dame en noir, les mains crispées sur la ganse de son sac à main, les brides d'un pur sang. Je reviendrai.

Voyons donc. Repassera pas plus que le couple yuppie qui est passé avant elle, dit Boris en se retournant vers la

Dolce, la porte à peine refermée. La pièce était vide. La Dolce avait filé par la porte arrière. Le vent avait fait tomber les lettres de Kunel sur le plancher.

Toco. Tocoto. Toca.

Boris ouvrit. Bon, des recenseurs. *Vous passez tôt cette année,* leur dit-il. Elle, elle avait un bloc-notes et un crayon à la main, et lui, il brassait de la petite monnaie, la main enfouie au fond de sa poche de pantalon. *C'est pour l'appartement d'à côté,* firent-ils en chœur comme dans **Les parapluies de Cherbourg**. *Votre sonnette ne fonctionne pas,* affirma la fille sans regarder Boris. *Non, ma fonctionne, pardon, ma sonnette ne fonctionne pas, mais celle de l'appartement de Mario...*

— Celui-ci n'est pas à louer? l'interrompit-elle en allongeant le plus long de ses deux pieds.

Entrez, entrez, je vous en prie, attention au cadavre dans le placard, ça va vous plaire, non, malheureusement, ici, ce n'est pas à louer, grinçait Boris. Les dents lui faisaient mal, oui, eh oui, s'ils avaient pu au moins garder le cadavre de leur ami, et le dandiner devant toutes ces faces de rats. Qu'est-ce qu'il lui prenait tout à coup, c'était viscéral, il avait envie de ficher une trouille à ces deux-là, une trouille dont ils se souviendraient, le beau petit couple, elle et sa petite jupette, lui, neutre et gris, dominé par la femelle. Boris n'avait jamais pensé comme ça, il voyait des catégories de gens s'imposer dans le lieu, c'était intolérable. Il fallait qu'il se calme. *Ici, ce n'est pas à louer.* La femelle en doutait encore.

— Votre appartement est vide, lui fit-elle remarquer.

Moi aussi, avait eu envie de lui dire Boris. Il avait allumé une cigarette sous les yeux horrifiés des non-fumeurs et avait vainement tenté de leur expliquer que lui, Boris, déménageait, mais qu'il ne savait pas.

— ... sais pas si l'appartement sera mis à louer.

— Le propriétaire le sait-il, lui? insistait la yuppie, impatiente. Une fouine.

Grrrr. Grrr.

— Probablement, répondit Boris en se raclant la gorge. Ils avaient jeté un dernier coup d'œil dédaigneux sur le piano et sur le gyproc. Ils avaient continué leur chemin tout le long de la rue, frappant systématiquement à toutes les portes. Boris était demeuré sur le balcon. Il faisait vachement chaud. Une cigale chantait. Il descendit les trois marches, furetait, mine de rien, des fois que le facteur aurait échappé une lettre. Ça faisait une semaine que Lek était parti et, depuis, pas de nouvelles. Une lettre de Lek, ça aurait fait sourire la Dolce. Croire qu'elle n'avait pas rêvé tout ça. Mais quand le ciel est bleu, Lek ne pense pas à la Dolce. Attention, une crotte de chien.

Ça va ? lança une voix familière. Ça venait de l'autre côté de la rue. C'était Adrienne. Elle regardait à gauche, à droite et traversa en posant majestueusement un pied devant l'autre. Boris siffla d'admiration. Elle revenait de faire des emplettes et elle avait croisé les yuppies. *Y sont pas venus chez nous,* dit-elle et, à titre d'explication, *les enfants étaient sur le balcon quand y sont passés.* Les trois enfants d'Adrienne sont métis. Le mari d'Adrienne, il était noir, noir et noir. Quand elle parlait de son mari, Adrienne levait les yeux au ciel et disait, *yé quèque part en dedans.*

— Cherche pas, dit-elle en voyant Boris ramasser des papiers accumulés au pied des marches, le facteur est déjà passé.

Elle déposa son petit sac d'épicerie et renoua le fichu de coton rouge qu'elle portait pour se protéger le crâne contre les coups de soleil. *Quand y fait chaud de même, y passe à bonne heure, le facteur. Maudite belle job, pareil. Y a congé le reste de la journée. Y en a qui sont chanceux, hein ? Travailler pour la reine.*

Comme si René Lévesque, les Yvettes et les pères du Ceinturon n'existaient pas. Elle avait montré à Boris sa collection de un dollar dont chaque billet avait une particularité : les yeux de la reine étaient troués. *Comment faites-vous ça ?* lui demanda Boris. *Avec la pointe d'une allumette chaude.* Puis elle changea de sujet, *ça avance la traduction ?* Bien sûr, ça avançait. Boris traduisait. Anna s'approche du lit. Elle n'a plus qu'un fichu de soie autour de la taille, sa peau luit sous la lampe halogène qui diffuse un rayon naturel, le grain de sa peau attendrit l'homme, il transpire, son cœur bat, sa verge se gonfle. L'oreille sur les cuisses d'Anna, il mange les lèvres, il boit, il secoue, elle ne s'abandonne pas, le fruit ne tombe pas encore, il écarte les bras, se soulève sur les mains, elle plie ses jambes, les ouvre de nouveau, *oh, le beau papillon.*

La nuit, c'était plus facile. Trois chapitres, avait commandé Nonno. Il jugerait si Boris pouvait traduire le reste du livre. *Ce n'est pas la fin du monde,* dit Boris à Adrienne. Il lui expliqua que les feuilles collaient ensemble quand il faisait chaud comme aujourd'hui. *C'est fatigant pour les yeux, hein ?* disait-elle en hochant la tête. *Ouais. Tu ne travailles pas avec un ordinateur ?* Boris rit. Non, il n'en avait pas les moyens. *Voyons, c'est ridicule,* avait dit Nonno, *ça ne coûte que deux mille dollars. Tu ne t'en tireras jamais si tu continues d'écrire à la main ou à la machine.* Nonno n'était pourtant pas un imbécile, il savait bien que le revenu annuel d'un scribouilleur dans cette contrée était de trois mille dollars. *Va voir ton banquier,* avait dit Nonno. Mais oui, Boris irait voir son banquier, lui qui avait le pied dans la trentaine, il n'avait pas encore les moyens de se payer un garni à lui tout seul. Nonno s'imaginait probablement que c'était de gaieté de cœur qu'il vivait en tribu depuis des années.

Adrienne regardait le ciel. *Une belle orage, ça ferait du bien pareil.* Elle s'essuya le front, une main sur la hanche. Boris regarda le ciel à son tour. Tout à fait d'accord avec elle. *Bon, j'vas préparer à souper,* fit-elle en

reprenant son sac. *La jambe commence à m'enfler.*
C'était vrai que sa jambe était enflée. Le mollet bleu. La
cheville rose.

Donc, aujourd'hui, pas de courrier.
En rentrant de sa séance de pose, la Dolce comptait
ses maigres billets. *Personne ne va vouloir louer cet
appartement de malheur,* gémissait-elle. Elle venait à
peine de s'asseoir à table, sur laquelle les feuillets d'Anna
étaient éparpillés. Boris lui servait de l'eau citronnée.
La porte bondit. Mario entra en coup de vent.
— Salut! fit-il, l'air décontracté.
Il avait les bras chargés. Un gros sac brun.
Tiens, dit-il, tout énervé en regardant Boris, puis la
Dolce, *tu devrais en prendre, toi aussi, prends-en, prends-
en.* Des vitamines, du magnésium. Il alignait les bouteilles,
les dévissait toutes. Avalait une par une les capsules et
gobait les comprimés. *Prends de la vitamine E. Prends.
Prends.* Des vitamines. *Tu te fous de ma gueule,* Mario, dit
la Dolce. Meu non, meu non, il ne fallait pas parler comme
ça à Mario. Il commençait à peine à remonter la côte. Peux
bien croquer des vitamines pour lui faire plaisir. Elle avala
deux pastilles. *C'est ma mère qui m'a acheté tout ça,* fit-il.
Ben oui. Il avait les yeux écarquillés de plaisir. Il n'avait
jamais eu autant de joujoux.
— L'appartement est loué, dit Mario en mastiquant.
Et il ajouta :
— Il faut finir de le vider.
— Aujourd'hui? demanda la Dolce, la tête sur la
table.
— Aujourd'hui, répondit l'olibrius.
Boris se demandait vraiment où Kunel avait déniché
un zèbre pareil. Dans un goulag peut-être?

Ce n'était pas la Sibérie. Une nuit de mars 1986, Kunel fumait une dernière pipée en attendant que le métro ouvre les portes. Il n'était pas loin de cinq heures du matin. Lek, la Dolce et lui avaient travaillé toute la nuit sur **en dessous, il y a le silence**. Kunel avait quelque chose à demander. En avait touché un mot à Lek, qui lui avait aussitôt dit *c'est à elle qu'il faut en parler*. En regardant la Dolce. Lui, il n'était que de passage. Elle l'hébergeait, parce qu'il était l'ami de la cousine de sa meilleure amie en France. Oui, il aimait bien essayer d'écrire des poèmes. *J'ai jamais fait ça de ma vie*. Il les chantait. *Oui, mais tu baises avec elle*, lui avait fait remarquer le grand Kunel. *Vrai*, avait admis Lek, *et tu es son meilleur ami, c'est toi qui dois lui demander*. L'aube était encore loin. En prince, Lek s'était levé de table courtoisement et avait préparé le café. Kunel avait imposé le silence. La Dolce l'écoutait. Elle savait écouter son grand copain. Poupounette ronronnait sur son épaule. *J'ai un ami qui n'est que silence*, avait commencé Kunel en tirant une bouffée de sa pipe, d'un air solennel. *L'autre jour, je l'ai invité chez moi. Il ne disait rien, assis dans le fauteuil berçant.*

C'est un musicien, précisa Kunel. *J'ai mis de la musique.* **Juluka**. *Il ne parlait toujours pas. Il s'est levé, est allé aux toilettes alors que je faisais du café. J'ai* *entendu un choc sourd. Il s'était évanoui dans la douche. Il n'avait pas mangé depuis des jours.*

— Et alors ? avait fait la Dolce.

Elle aussi, elle s'était évanouie lorsque Kunel lui avait fait écouter **Juluka**. C'était courant, des types qui tournaient de l'œil après trois jours de jeûne. Même Fauché qui...

Kunel l'avait interrompue :

— Dis donc, le logement à côté, au deuxième, est-il toujours libre ?

— Oui, fit-elle, surprise.

— Tu comptes déménager à côté ? lança Lek.

Lek, un chevalier. Le visage de Kunel s'éclaira :

— Ouais. Il a un piano, lui aussi. Deux pianos, ça serait idéal !

— Ça serait super pour répéter, laissa tomber Lek.

— C'est justement ! s'écria Kunel. Plus de problèmes. On serait à côté, et plus question de déguerpir pour attraper le dernier autobus !

Il détestait l'hiver.

— Il s'appelle comment, ton ami ? demanda la Dolce.

— Mario.

Kunel was here. Il avait adroitement changé de sujet. *Mario a des billets pour aller voir Léo Ferré. Avez-vous assez de fric ?*

Non, ça, c'était sûr que ni Lek ni la Dolce n'avaient assez de fric.

— Ça se trouve, avait répondu Lek.

Le vieux Léo. Ils ne pouvaient manquer ça. *On pourra aller lui dire deux mots dans les coulisses,* avait soupiré rêveusement la Dolce.

— Alors, ça marche ? On va voir Ferré, avait conclu Kunel en se frottant les mains.

Il avait le don de les embarquer dans des galères.

— Ouais, ça marche.

— Merveilleux.

Oui, c'était merveilleux.

— Tu veux-tu ça, tu veux-tu ça? dit Mario en foutant les pots d'épices dans les bras de Boris. Il faut tout vider, répéta-t-il. Attends, attends, va chercher un sac. Il y en a dans l'armoire. En dessous de l'évier. Boris ouvrit l'armoire. La poignée lui resta dans la main. On aurait dit que tout faisait exprès pour les retenir dans ce maudit appartement. *Fesse dedans, elle va s'ouvrir,* dit calmement Mario, qui avait délaissé les pots d'épices pour les disques. L'armoire vomit des sacs de plastique. Ouais, à ce rythme-là, on n'a pas fini de vider la place. *Mario, à quelle heure arrivent les nouveaux locataires?* Mario branlait dans le manche, *on a le temps, on a le temps.* Boris le dévisagea. *On n'a pas le temps.* Il saisit Mario par le collet, *tu le sais qu'on n'aura pas le temps de vider la place avant que...* Mario le calma, *O.K., on va tout foutre ça dans le salon.*

— Vite.

Faire le tour de la chambre de Kunel, s'assurer de n'avoir rien oublié. Mario entassait tout dans le salon double. *Ses livres. Tu peux les prendre, mais attends,* ordonna Mario, un doigt sur la bouche, *il y en a un que je veux garder. Les bandes dessinées, le Shakespeare, bon awaye, choisis, fais-ça vite, bordel, on va-tu en finir, on n'aboutira jamais.*

Ta gueule, se disait Boris. Pas de panique. *Je vais aller demander de l'aide.* De l'aide? À qui? faisaient les yeux violets de Mario, les lèvres tremblantes. Il tenait une boîte dans ses mains.

La boîte de cartouches. Elle était sur un rayon de la bibliothèque.

— Qu'est-ce qu'on en fait...

La boîte maudite, toute neuve de chez Canadian Tire. *Maudite marde de cul.* Ouverte, il manquait deux cartouches. *Deux ostiques de cartouches.*

La jeter au fleuve. Jamais de la vie. Aux poubelles. Non, pas aux poubelles.

Peut pas laisser ça ici. Trop dangereux, dit Boris à Mario. — Il faut finir de vider la cuisine. Revenez à la case de départ. Ils foncèrent dans la cuisine. Les pots d'épices au-dessus du fourneau. Le kit de la survie. Kunel au fourneau. Les recettes du soldat Kunel, apprises à la guerre, pardon, à l'armée. Il avait fait l'armée. Big deal. Épices, pois chiches, semoule, une boîte de tomates, un piment rouge, très fort, du vrai piment, quoi, et du riz, du sel, du poivre.

— ... et des pimentas verdes, disait Kunel en remuant la sauce.

— Des poivrons, rectifiait Lek.

— C'est la même chose, disait la Dolce en riant.

Comme une chanson.
C'étaient trois lustucrus,
qu'on les achale,
qu'on les entrouvre de bienvenue,
armés de notes artificielles,
de regards crus, d'une dent creuse,
à l'auditoire des fenêtres,
chantaient les trois compères
bienvenue à bord de notre estomac vide,
bienvenue aux nouilles dans la piscine.

Lustucrus, nous débarquons !
chantaient les nouilles aux trois fripons,
sautons dans le tourbillon,
nous serons heureuses, nous maigrirons !

Disparaîtront les chiffres anorexiques, les pièces de monnaie en chocolat blanc, les rossignols, les clés, l'horizon, et les pains en chocolat. Souper en chemise, assouvir les cieux, marcher sur les mains. Kunel avait la solution.
La recette du sac. De la farine. De l'eau. Mario, ça va te remettre d'aplomb. Avec ça, on n'aura plus faim pour

un bon bout. En attendant que ça cuise, on a le temps en masse de faire de la zique. Dans le sac, de la farine et de l'eau, je verse la sauce. *Et hop, je fous ça au fourneau,* chante Kunel. Un vrai Charles Trenet. Lek invite Mario à s'asseoir au piano, histoire de se réchauffer sur l'air de **le jour se lève**.

Ça va être *bon,* dit Kunel en donnant un bec sur la joue de Boris. Et à la Dolce, *vous êtes jolie, mademoiselle.* Pendant que le sac mijotait, ils avaient joué **hypothèse d'une hallucination**, et enfin mangé.

Dévorer en silence. Lek s'était brûlé les lèvres. Quand on a trop faim, on se brûle la gueule. Mario avait peine à soulever sa fourchette. Kunel was here. Il est là, un air de jazz, un profil de bête. Il doit se laver les mains. Il se les lave. Absurdes pensées qui tardent à vivre à l'aise, coquines allées et venues qui ne font guère attention aux défaites passées.

Trop de choses nouvelles jamais absorbées dans les chiffons, la nuit éponge, baise son front fiévreux sans cesse occupé par des manifestants, des rues en délire conservateur, qui marchent, trottoirs dans les trottoirs attardés à leurs luttes tutélaires.

Je ne suis pas fière, je suis heureuse, la reconquête de jours jamais acquis, ceux de la félicité sans accent, à poser sur des murs comme autant d'affiches, les langues enfouies enfin, entre l'index et le majeur, des mains indicatrices du bonheur glissent sur les journées fades de labeur mental.

Bien enculé.

Pour ne jamais s'écarter des lieux prescrits par les amours des autres, toujours l'amour des autres, à fignoler, à prendre soin, infirmière démente aux mains dyslexiques, ne sachant quelle main donner, qui doit tout inscrire sur le diagramme, mesurer l'étendue du séisme ou des fièvres qui taillent des failles incommensurables dans les plis des draps dont on recouvre les visages à dévoiler, à reconnaître, à identifier, à étiqueter, prêts à emballer sous cellophane, des sentiments, des bons sentiments, qui nous rendent présentables aux autres publics. L'habitude des moules. Je ne vois rien. J'ai des paupières sur les yeux. *Prends ça,* ordonna Mario en tendant un gros sac de riz à Boris. *Vide la table. Commence par débarrasser la table.* Docile, Boris enveloppa deux verres à vin. Ils sont beaux. Cadeau de la sœur de Kunel, elle qui lui montrait ses poils les plus longs. Elle fouillait dans sa culotte. Le sexe et la mort, les squelettes ont des chairs perdues. Et la Dolce avait retrouvé un cheveu de Kunel dans un de ses livres. Boris ne savait plus où donner de la tête. *Fuck la vaisselle. On n'a pas le temps, Mario. Mario, donne-moi du papier journal, s'il te plaît,* gémit-il, il lui fallait du papier sous les doigts pour tordre, pour froisser. Le mariolle ne répondait pas. L'air de vouloir dire quelque chose. Fallait deviner, l'autistique. Ben, voyons, réfléchis, se dit Boris.

Kunel ne lisait plus le journal.

Pas pour lire des inepties pareilles, bavait Kunel.

Boris soupira.

À la porte d'entrée, il y avait des circulaires. Il ne les ramassait plus. Les inepties. Ça ne se ramasse pas, mais qu'est-ce qu'il foutait là, lui, Boris, traducteur, interprète de mes deux, poète à ses heures, meilleur ami de la Dolce, copain des amis, de la misère à fermer la porte, tant les inepties sont là, et c'est lui qui se penche, qui les ramasse et qui va envelopper. Il en rame, une, deux, tiens, celle-ci n'est pas mal.

Nouveau dépanneur, lut-il. Il enroulait le verre à vin dans la feuille. Trop petit. Trop petit. O.K. Aux grands maux, les grands remèdes.

— Je vais aller chez le dépanneur. Ils ont certainement des journaux dont ils ne se servent pas.

Pas de réponse.

Mario, je vais chez le dépanneur.

Oui, mais.

Oui, mais Kunel was here, lui dirent les yeux de faïence, mais là, les marches vibraient, *les vlà qui arrivent, Mario, les nouveaux locataires.* Des pas retentissaient dans l'escalier. Mario ouvrit la porte.

— Salut, on arrive aujourd'hui! s'exclama une voix de petit rockeur.

— Ouais, c'est ben correct, dit Mario.

— Fait chaud en batèche pour déménager, chiala le petit batèche de rockeur venu avec sa petite bonne femme aux yeux bêtes comme ses pieds.

Elle pourrait être si jolie, pensait Boris, mais lui-même n'en menait pas large, et Mario, lui, il était en Irlande dans sa tête.

Y paraît que c'est tranquille dans ce coin-ci, dit Labine. *Labine qui?* demanda Boris. *Labine Toutcourt,* crâna le rockeur, et il ajouta en changeant de jambe, *l'appartement va être au nom de ma femme.* Boris regarda ma femme, grande comme une fille de douze ans. O.K., ma femme, on ne posera pas de questions. Elle demanda à son tour, *c'est-tu tranquille, parce que si c'est pas tranquille...*

— De quel coin arrivez-vous? interrogea Mario.

De Hochelaga centre. Ouais. Labine discutaillait un peu. Il chicanait, *parce que parce que parce que...*

— Je voulais rentrer icitte aujourd'hui pour faire le ménage, dit-il. Peinturer toute.

Mario lui expliqua qu'il y avait deux pianos à déménager. Labine s'adoucit:

— Y a toujours ben trois pièces de vides sur quatre, constata-t-il, c'est ben assez pour commencer.

O.K., O.K., Labine et sa femme avaient l'air content. On passerait à l'attaque plus tard. Boris n'avait que ça à faire, attendre de passer à l'attaque. Il restait le chapitre des chats. Mario les confiait à ses parents. Bon voyage, Mario.

Mais trois jours plus tard, la mère de Mario a tenu Boris au moins une heure de sa vie à lui expliquer son angoisse des chats, les chats de Mario étaient malades, ils perdaient leurs poils, *c'est normal, madame, c'est l'été qui s'en vient.*

— Ah, oui, tu crois?

Non, je ne crois pas, c'est un fait, un fait, un fait, bordel de merde, allait-elle comprendre que Boris avait d'autres bestioles à fouetter, non, non, il n'avait que ça à faire sur cette vaurienne de terre, écouter les sornettes de madame banlieue qui a peur des chats, qui les enferme dans le cabanon à outils parce que dans la maison, elle n'est pas capable, *non, pas capable, non, ça, tu comprends, je n'en suis pas capable, c'est trop, je ne te dérange pas toujours?*

Là, Boris avait senti quelque chose exploser en lui. Surtout, ne me tutoyez pas. Il avait éprouvé le même sentiment devant le père de Kunel. Il avait eu envie de le prendre par la cravate et de lui siffler dans la face, vous, vous, il faut me dire vous.

Il faut me dire vous, je suis plusieurs. Au pluriel, s'il vous plaît. Pas tout seul dans cette histoire-là, il y avait Mario, il y avait Lek, mais vous, oui, vous, vous vous en foutez comme de votre première paire de chaussures. Un émigrant, ça ne vous dit rien, Lek c'est de la petite bière en ce moment, un type tout seul à l'aéroport d'Orly.

Un moment d'attention, s'il vous plaît, un moment. Les voix suaves, dans toutes sortes de langues, on dira votre nom dans un aéroport, et vous ne l'entendrez même pas. Vous ne reconnaîtrez même pas votre nom. Vous ferez glisser un franc, deux francs dans la machine. Cognerez dessus, pas trop fort, pour ne pas attirer les regards sous les casques armés de mitraillettes. Un soldat à tous les dix mètres. Lek n'en revenait pas. Ah, c'est intéressant les voyages, ça te forme une jeunesse. La jeunesse était là, en rang d'oignons avec une grosse liasse de billets de banque dans la poche gauche de son pantalon kaki, et une capsule de cyanure dans le cul, peut-être, et, comme si ça ne suffisait pas, un bon fusil de chasse. Il l'a dit, le père de Kunel, *j'avais peur de Kunel, quand on allait à la chasse.* Kunel avait douze ans. Lek chantait à Boris, *le moins on en parle, le mieux je me sens.* C'est vrai, c'est donc vrai, se répète Boris comme un con. À l'aéroport, la Dolce avait appuyé son front sur la poitrine de Lek. Lek avait posé le menton sur son front. Kunel avait volé la vedette. Ce n'était pas le moment de dire *je t'aime. Ça ne valait pas la peine que Kunel fasse ça,* dit la Dolce. *J'ai rien à dire, moi, j'en ai rien à cirer non plus,* dit Lek. Une voix suave annonça le vol Montréal-Paris. Boris les sépara. Comme si ça se pouvait, séparer la Dolce de Lek. *À demain,* dit Lek. *À demain,* répéta la Dolce. Ils galopaient vers l'avenir.

Dring.
Allô? Boris? Viens-tu à la fête de Gabriel? C'est Lysbeth. *Ah, bon, c'est l'anniversaire de Gabriel.* C'est lequel de ses deux fils, se demande Boris, embarrassé. Les enfants réclament mononcle Boris. Il faut que Boris trouve un cadeau.

La Dolce fouille dans une valise qu'elle n'a jamais eu le temps d'ouvrir depuis leur arrivée chez Sim. *Ah, voilà.*

— Tiens, dit-elle, j'ai un album, je voulais l'offrir au petit Roseau, mais il ne sait pas lire.

Elle lui tend un livre d'images. Pas mal. Pas trop plate, pas trop fade, avec une histoire pas trop débile. Il y a des livres qu'on ne lit qu'à tel âge. De six à huit ans, lit Boris, au dos. *Mais je n'ai pas envie, pas envie du tout d'aller à une fête d'enfants,* rouspète-t-il. *Il va y avoir des grands,* a dit Lysbeth. *C'est un prétexte à réunion,* explique la Dolce à Boris. Lysbeth, elle aime ça les trucs de famille, les réunions d'école, elle est une réunion elle-même. Autour d'elle s'agite le monde.

Boris a pris au moins trois quarts d'heure à se rendre chez Lysbeth. *Quelle année,* fait-il quand elle lève son verre à la santé du Gabriel et de tous ceux qui sont là, des peintres, des musiciens. Lysbeth lui verse du mousseux et s'assied dans la balançoire à côté de lui. Ils sont dans la cour, et il fait beau. Parlant d'anniversaire, elle lui demande son âge. *J'aurai trente-trois ans,* répond-il. Et elle ponctue, *l'âge du Christ, tu commences ta vie publique. Me conformer,* répond Boris, *et en m'exerçant, je réussirai même à accomplir des fonctions sordides, comme laver les chiottes.* Lysbeth dit qu'elle n'a jamais pensé être obligée un jour de laver les chiottes pour gagner sa vie. Il paraît qu'il n'y a pas de sot métier.

Geronimo s'approche et demande à Boris s'il a lu le dernier bouquin d'Hubert Reeves. Boris n'a pas le temps de répondre qu'un autre type compare déjà le vieux professeur de physique à Dieu. *Reeves est à la mode, c'est un baba cool, un chevelu à barbe, un type de mai 68, une vedette,* dit le tartempion. *Hubert Reeves est français comme toutes les vedettes québécoises.*

— ... mais on en a rien à foutre, proteste Lysbeth la planétaire.

Kunel avait lu ce bouquin, compris la moitié, la vie des étoiles, la loi du binôme, tu ne te feras pas chier cette année, se dit Boris. Un peu pompette, non, tu ne te feras pas chier tout seul dans ton appartement, comme les jours où on a essayé de trouver une solution pour sortir de l'engeance. Il lève la tête. La Dolce raconte une histoire et monopolise l'attention, là il a envie de fumer un pétard avec Kunel ce soir, oui, il a envie de retourner dans la chambre, Kunel ouvre la porte, et toc, il dit, *je viens prendre un café,* non, se dit Boris, ce n'est pas comme ça que tu faisais, attends, je recommence, la porte s'ouvre, il sursaute, entend des pas, il devine que Kunel a ses souliers bleus, il sait d'où il arrive et où il veut aller. Il veut aller dans la chambre. Trop peur d'oublier ce que tu es. Comme j'ai oublié l'air de **Michel Strogoff**. Heureusement, Lek connaît la partition. Il la joue comme un train qui passe, les bouteilles et les verres à vin en percussion. Les roues d'un train, se dit Boris. Si ça ne faisait pas tant de bruit, la ferraille, si les trains étaient silencieux, Boris se jetterait sous les roues comme Anna. Ah, non, merde de merde, page quatre cents, Anna se précipite sous le train, la belle Anna que tu aimais. Pleurer à l'envers. *Et ça, Mario ? Qu'est-ce que j'en fais ?* Poubelle. Poubelle. Et repoubelle. La bouche à angoisse. Dans un soleil rouge cercle de nuit, un coucher qui ne peut ou ne veut se lever, jambes lourdes de Kunel, jambes raides. Ils sont passés les jours depuis la dernière fois que je suis allé dans ta chambre, le dernier rendez-vous de la chair, se dit Boris. Lysbeth est comme une fleur au milieu des gens.

Il regarde le groupe qui mange du gâteau. La vie est une tarte à découper en portions d'un millimètre, tous premiers par rapport aux autres, harangue le type à propos de Reeves. Tellement linéaire, pense Boris. Il se sent déraper, houlà, trop tard, il a pris le virage de l'émotion tarie. Les éboueurs sont passés depuis la dernière fois qu'il est entré dans la chambre de Kunel. Son corps a séché, sa peau s'est attendrie comme du papier. Boris ricane. Ils ont brûlé le corps de Kunel. Tout le monde pense qu'il ne reste plus rien du corps. Faux, se dit Boris en regardant la Dolce qui raconte un rêve à Gabriel. Elle garde l'éclat d'os de son crâne. Dans un de ses livres, il y a un de ses cheveux. Et chaque fois que Boris y pense, c'est plus fort que lui, son cœur crie victoire. Non, ce soir, il faut qu'il traduise une page avant de prendre son bain. Tout me distance de la chambre où j'ai vu Kunel pour la dernière fois. Lui trouver une chambre où il finira ses jours. Oui, Boris tape à la machine, il entend les bribes que la Magnet Radio transmet à la machine, des ondes courtes, du morse. Un fond de cale, où il s'imagine

Boris raccroche le téléphone.

— Nonno est à Hong Kong, a dit la réceptionniste.

Merde. Rien à faire, il faut qu'il trouve autre chose, n'importe quoi, mais du travail, là tout de suite s'il veut déguerpir de chez Sim. Organiser sa fuite.

Quand même, c'est curieux. Nonno avait dit qu'il serait là cette semaine. Il devait lire les pages d'Anna. *Nonno est à Hong Kong,* a répété la réceptionniste. Bon, ça va, j'ai compris.

Il a un de ces maux de tête. Surtout ne pas remuer. Un rare mal de bloc. C'est le bran de scie. Hier soir, Lek et lui ont rempli au moins quatre ou cinq sacs de sciure à l'atelier de Sim.

Et puis, les affaires se tassent? lui a demandé Sim, qui passait un meuble à l'huile de lin. Une bibliothèque pour Nonno en personne, abonné au **Reader's Digest** depuis des années et qui a songé à décorer son salon avec les bouquins qu'il reçoit tous les mois.

— Je finirai bien par trouver quelque chose.

— À force de chercher, on trouve, a dit Sim.

Il a ajouté qu'il connaissait un type qui embauchait.

À force de. À force de. Tu parles. Y a pas à force de, se dit Boris pour la énième fois, quand il est rendu à l'adresse que lui a refilée le tio. Prends ton trou à quatre piasses de l'heure. Ce n'était vraiment pas la journée pour aller se chercher une job. En l'apercevant, le gars a dit d'un air renfrogné, *désolé, j'avais besoin de quelqu'un la semaine dernière. Au fait, comment va ce vieux filou de Sim ?* Que la merde le mange, pensait Boris dans l'ascenseur poussif. Il allait prendre un café et lire un journal, oui, oui, dans le café de la manufacture. À côté, il y a une boutique chic, où ils ont toujours besoin de quelqu'un à temps plein ou à temps partiel, pour vendre des manteaux, de beaux manteaux en peau de vache, en cuir de Suède. La Suède. Il paraît que les écrivains sont ultra bien traités là-bas. Il devrait y aller, postuler avec un beau manteau sur le dos, ils ne croiront jamais que j'ai besoin de travail. *Tu n'as jamais travaillé.* Voilà ce qu'a dit Sim. *Alors, j'irai avec mon vieux manteau,* a grincé Boris. Faire pauvre, symbole du cœur à l'ouvrage, s'en sortir à n'importe quel prix. *Ils ne t'embaucheront jamais.* Pour être embauché, il faut quoi ? *Vas-y avec ton beau sourire,* a conseillé Lek. Qu'est-ce qu'ils ont tous à jouer à la mouman ? Où est-ce qu'il traîne, celui-là, le sourire ? Comme si ça se vendait, si ça se trouve, dans les sacs de popcorn rose, une paire de lèvres qui ne s'ouvrent jamais. Une belle gueule qui sait se tenir fermée. C'est ça. *Et mon cul ?* a riposté la Dolce. Surtout ne pas laisser le cul au fond du tiroir. Comme les manuscrits. Mais ça, c'est l'autre histoire, il y a des tonnes de gueux qui ont des tonnes de manuscrits au fond de l'armoire qu'ils n'ont pas, ça coûte la peau des fesses, de belles commodes en mélamine blanche, miel ou brune.

Une cigarette, chitte de merde. Quand Boris avait appris le prix de l'armoire que s'offrait Nonno. *Pense pas négatif,* avait dit Stef en lui tapant sur l'épaule, chez Carlos. Nonno a dit qu'il te donnerait encore du travail.

Oui, en effet. Il y avait de cela trois mois, il y avait de cela trois semaines, et trois jours. Le paradis, quoi. Boris veut voir Lysbeth aujourd'hui. Pas pour lui casser la tête. Déjà que la veille il est passé chez elle, avant d'aller à la banque. Il la retarde souvent dans son travail.

— J'ai des tas de contrats qui me sont tombés dessus depuis vendredi. Il faut que je finisse un costume de lapin, lui a-t-elle dit à la porte.

— Un quoi ?

— Un costume de lapin. Pour une copine.

La copine déguisait ses enfants en lapins pour une promotion, un livre vedette au Salon du livre.

— Je n'en crois pas mes oreilles de lapin, a dit Boris pour rire.

Lysbeth, sérieuse, a protesté :

— Mais si, mais si.

Bon, elle l'avait invité à entrer quelques minutes. Il était gêné.

— C'est amusant ? a-t-il demandé à Lysbeth, pieusement assise devant la machine à coudre.

— Ouais, les oreilles, la queue, enfin, je veux dire, le pompon.

Elle a cassé un fil bleu entre ses dents blanches.

— Ça fera un joli costume d'Halloween.

Il entendait la voix de Ciboulette à la télévision, la marionnette d'une émission. Quatre heures approchaient, l'heure de partir, histoire de ne pas déranger. Geronimo trônait derrière la porte persienne des toilettes avec un livre d'Anatole France sur les genoux, un livre sur les anges déchus. Boris donna une dernière caresse à Laminou.

N'oublie pas ton journal, lui dit Lysbeth en lui tendant la feuille de chou fripée. Les yeux brillants, elle le retenait par la manche, dans le corridor, s'attardant sur le pas de la porte. Qu'est-ce qu'elle veut au juste. Lui donner un instant de bonheur parfait. Jeremy et Gabriel étaient absorbés par Ciboulette, et Geronimo par les anges. Mais non. Elle le poussait dehors, *bon, ça va, je connais le chemin*, avait-il bougonné en pliant le journal. Tac, elle lui avait collé un baiser légèrement humide. Gabriel avait surgi entre eux. *Maman! Je me suis fait une prune!* Boris avait eu le génie d'offrir un vingt-cinq cennes à Gabriel. *Tiens, mets ça sur ta prune.* Gabriel n'avait rien voulu savoir du caribou. Pas achetable. Bon, tant pis. Seul l'amour de sa maman fait passer le gros bobo. Boris sortit. Il n'osa pas se retourner. Les trembles échappaient des feuilles jaunes et tachaient l'asphalte. Ça sentait la réglisse verte, la sève.

Les premières neiges, pensa Boris en tournant le coin de Saint-Viateur. Il se sentait lourd, vide, et il avait mal au dos. Il n'avait pas envie de rentrer et d'entendre les autres se plaindre de l'arrivée de l'hiver. Tout le monde souffre quelque part.

— Moi, c'est dans l'épaule gauche, tonne Sim à l'heure du souper. Je voudrais qu'on me dévisse le bras, dit-il en s'écrasant sur sa chaise préférée.

— Je peux essayer, lui propose la Dolce.

Elle lui masse l'omoplate. *Ouille. Pas là, pas là,* gémit le tio. *Où ça? Où ça que ça fait bobo? Ça fait bobo partout, ça fait mal quand tu y touches.*

— T'as pas la frite, hein, Sim? dit Lek en s'asseyant à son tour. Fais voir... qu'est-ce que tu as là? Hou là, t'as une de ces prunes sur la patinoire!

Surpris, le tio se frotte le front et découvre en effet un œuf d'oie. Hier soir, après avoir fermé l'atelier, il a voulu leur montrer des fauteuils bourgeois, assis dans la vitrine d'un rembourreur. *Regarde, comme ils sont beaux les, 'tention!* avait crié Lek. Boum. Boum. Sim n'avait pas vu le poteau. **No parking**. Il pleuvait à siaux. Lek suivait Sim, un meuble baroque entre les bras, un genre de repose-pieds.

— Va falloir que tu achètes des lunettes, dit Boris.

150

Il n'aurait jamais dû dire cela. Le tio ajoute deux cuillerées de cassonnade dans sa tasse de café et rugit en remuant le sucre :

— Des lunettes !

Il faut que je me casse d'ici, pense Boris en regardant la Dolce qui frotte l'épaule de son oncle. Lek accorde sa guitare. Boris pense aux yeux de Lysbeth. Non, non, reste, disaient les yeux de Lysbeth. Elle avait donné de grosses minouches à Gabriel. Gêné, oncle Boris se rongeait les ongles. *Est-ce que tu as vu le petit Roseau aujourd'hui ?* avait demandé Gabriel à Boris. Les petiots fréquentent la même école. *Enfin, le petit Roseau y va de moins en moins,* glissa Lysbeth. Boris dévisageait la mère et l'enfant. Dictateur, le fiston. Pareil au petit Roseau. Charmant en public. Tyran dans l'intimité. Boris répondit qu'il demanderait à la Dolce. *Qu'est-ce que j'en sais, moi ?* La Dolce hausse les épaules. Elle a un bobo qui fait qu'elle n'aura pas de fiston, pas de déchirures, pas d'épisiotomie, tu sais, comme racontait Juliette, le vagin fendu, et l'anus aussi, ce qui t'empêche de t'asseoir, ou te fait marcher comme si tu descendais de cheval. Pas de gros seins enflés, pas de taille de jeune fille à récupérer. Pas de cris, pas de lamentations silencieuses, de petits gémissements retenus par les dents, de soupirs de soulagement à la fin du premier round. Pas de contraction postérieure à la déprime. Boris frissonne.

Jab. Ding. Dring.

Le tio rote avant de décrocher, écoute, ses longues oreilles poilues frémissent comme des radars, la chauve-souris serait contente du *pestac.* Quelque chose de grave. Oui, quelque chose de grave. Quelle sorte de chose grave. Toujours quelque chose de grave. Grave ? Ah, oui, grave, grave. Gravement malade. Grave dépression. Moment grave. Crise grave. *C'est pour toi,* fait-il en tendant l'appareil à Boris. Une préface dans un livre. Un pet, quoi. Le téléphone communique sans voir. Les traboules de Lyon, songe Boris en se demandant qui appelle à cette heure-là. Obscurs petits couloirs, c'est dur, l'ère de la machine pour les médiévaux. Catacombes. Les gens en face de l'invisible. L'oncle Sim avait accepté de les héberger quelque temps. Le temps que tout s'arrange. *Bonne affaire,* avait dit Boris à la Dolce. Le tio avait ajouté qu'il achèterait un répondeur. *Comme ça, pas besoin de répondre au téléphone. Il en faut un pour les clients.* *Ouais,* avait répondu la Dolce.

— Le petit Roseau n'est pas rentré? demande Boris en raccrochant.

Il a accepté d'écrire une préface pour deux fois rien. *Sais pas. No sé. I don't know. Il doit jouer dehors. Va le chercher, et pense à ramener un pain,* dit Sim.

Boris ne demande pas mieux que de sortir. Le petit Roseau, c'est un chef de gang et il se cache aussi bien qu'une poussière dans une fente. Faire perdre patience aux autres, c'est ça, jouer à la cachette. Ah, le voilà! pense Boris en apercevant le fils de Sim.

Pas plus loin que le coin de la rue! hurle le petit Roseau. Il compte jusqu'à cent. Les copains ne savent pas compter jusqu'à douze, alors... Pas bête, le petit Roseau compte vite. Les mioches ont tous détalé comme des lapins, en criant de panique. Le front appuyé contre un poteau, les coudes repliés sous sa tête, le petit Roseau plisse les yeux et entrevoit Boris. Boris détale aussitôt et se cache entre une Buick et une Pontiac.

— Interdit! crie le petit Roseau.

En quel honneur? se demande Boris en se redressant piteusement. Entre deux autos, au fond d'une ruelle, sous un balcon, derrière une boîte aux lettres, dans un tableau connu, une toile de Magritte, l'obscur d'un Rembrandt. Kunel au milieu du gyproc. Grotesque.

— On va faire comme les vrais tartistes, avait décidé Fauché, six mois plus tôt. On va travailler avec du sang, du vrai. Moins cher que de la peinture.

Fauché avait acheté deux litres de sang de bœuf chez le boucher. Il avait convié de vrais grands tartistes à graver des graffitis sur un gyproc couvert de sang.

— C'est quoi au juste ton histoire de gyproc ? avait demandé un des grands tartistes, acceptant le verre de vin que lui servait Fauché.

Fauché ne négligeait rien. Il éclata de rire :

— C'est s'enfermer dans sa tête comme dans une toilette.

Sur ce, il avait brandi les deux litres de sang. Boris n'avait jamais vu ça, merde, Lek ne le croirait jamais quand il lui raconterait la soirée sur la prochaine cassette que lui enverrait la Dolce. Les deux bouteilles avaient l'aspect de bidons d'eau de Javel La Parisienne, et chacune portait le mot **sang**, tracé en gras, de la main d'un presbyte, une main à large paume qui a de la difficulté à écrire petit.

— Mais encore, comment allons-nous procéder ? s'enquit le grand tartiste.

Comme une bonne ménagère, Fauché rajusta ses lunettes d'acier, professeur fou secoué d'un rire sardonique, dévissa les bouteilles, un test de comparaison, et l'odeur éclata, soudaine, prenant tout le monde à la gorge, un direct aux tripes. On la connaît l'odeur du sang, par en dedans, oui, il faut l'avaler, cette odeur, la puanteur emplissait la bouche, les oreilles, envahissait l'atelier. La grande tarte s'abstint de fuir mais donna le signal aux autres fauves qui humaient l'odeur du sang, cadavéreuse à souhait.

La Dolce donna un coup de coude à Fauché, *dis donc, t'aurais pas oublié de mettre le sang au frigidaire ?*

La débandade fut totale, elle les vit abandonner le bateau, ce grand gyproc, un cinq sur neuf, *ma chère, j'ai mal au cœur*, entendit Fauché en voyant tanguer un dur à cuire contre la croisée ouverte, le cher ange, il avait un fichu noué par derrière, un tantinet à la grecque. L'odeur était insupportable, mais Fauché et la Dolce se payaient

153

un délire. Ils ne pouvaient plus s'arrêter de rire et, pour se calmer les nerfs, ils attaquèrent le gyproc, s'empressant de souiller le plâtre. Le sang caillait trop vite. Fauché ordonna qu'on lui apporte les piche-piche. À l'atomiseur, le sang revolait en fines gouttelettes puantes, les petites bulles crevaient sur les cils. Peu à peu, les invités revinrent autour des deux fous qui, maintenant apaisés, œuvraient en silence, et écoutèrent le souffle de Fauché, régulier et calme, médecin des formes. Il arborait un sourire sensuel et tendre, penché au-dessus du plâtre dénudé de sa première couche de papier, la gypse dans toute sa splendeur étale. Ses lèvres rougissaient, et la Dolce aimait la forme de sa bouche, douée au pli de l'émerveillement.

Bon, Boris a le temps d'aller chercher le pain en attendant que le petit Roseau finisse sa partie de cache-cache. Je n'ai plus l'âge de jouer à la cachette, se dit-il en donnant un coup de pied à un caillou. Il pense à Lysbeth. Il jette sa cigarette et entre chez le boulanger. Le mal de tête qu'il n'a pas. Grosse manufacture. Gros camion à ordures. Faites le tour du bloc, vous n'aurez plus mal au bloc. Voici qu'il est chez le boulanger brésilien dont la fille, une divinité aux yeux perçants, le toise, tu viens juste de te réveiller, hein ? Tu ne maudis plus le monde, tout le monde te maudit. Un de ces matins, tu vas prendre ton beau petit cheval. Tu vas déguerpir au plus vite. Tu vas te tanner. Tu vas partir. On le sent. On le sait bien. Pschiitt. Un jour, y en aura plus de commercial. La divinité lui remet sa monnaie : trois cinq sous au lieu de trois vingt-cinq sous. Tiens, une autre qui le prend pour un imbécile. Boris serre la miche de pain comme un trésor. La journée a passé trop vite. Le soleil crache par là, sur le trottoir. Il passe par la porte d'en arrière. L'escalier de fer. La porte. La sécheuse. Mettre le linge dedans, sinon pas de draps secs pour se coucher dedans ce soir. Se coucher dedans. Se tirer dedans. Se tourner dedans. Il pense à la préface en mettant les pieds dans la cuisine. Sim et Lek s'exclament à propos de l'odeur qui règne dans l'appartement. La Dolce a découvert des gourganes dans un sac en papier sur le dessus du frigo. Faute d'autre chose, elle a décidé de frire et de bouillir ça avec des oignons et des épices.

— As-tu des nouvelles de la neuvième? demande Sim à Boris.

— Paraît qu'il y a un rat qui se balade chez Charlie boy et qu'il gruge les barreaux de ses belles chaises.

— Pas pour longtemps, ricane Lek. Dans un mois, les rats seront partis ailleurs.

Sim suit la conversation tout en se débarrassant de ses habits poussiéreux. Nu et velu, il demande à Boris :

— Et la Moukère, qu'est-ce qu'elle dit de ça?

— Sais pas, dit Boris en se frottant les yeux.

Lek lui met la main sur l'épaule :

— Fatigué?

— Non, c'est la mouche dans mon œil gauche, répond Boris.

— Ah, ouais? continue Sim en ramassant ses habits pour les mettre dans la laveuse. À part ça, pas d'autres appels? dit-il.

Et patati et patata.

Ouais, Stef avait appelé. *On entend les rats se battre dans les murs,* avait-il dit à Boris. Et il ne savait pas quoi faire. *Comment?* avait fait Boris. *Les zadeptes ne se sont pas prosternés devant ces admirables petites bêtes tant vénérées par des milliers de krishnas qui leur édifient des temples entiers bourrés d'urnes remplies à craquer de grains de blé. Non, là, t'es pas drôle quand tu parles comme ça. C'est sérieux, là. Il y a des rats,* avait insisté Stef, tout essoufflé. *T'es essoufflé?* lui avait demandé Boris. *Oui,* avait répondu l'autre en s'éclaircissant la voix. *J'arrive du centre-ville en vélo.* Une pause. *J'ai fait ça tout l'été,* avait-il ajouté. Boris comprenait qu'il fût essoufflé.

Qu'est-ce qu'on fait avec les rats? avait gémi Stef. Sa voix tremblait légèrement d'impatience. Encore? avait pensé Boris. Il n'avait pu s'empêcher de demander à Stef *pourquoi t'as pas songé à téléphoner au service d'extermination de la ville? C'est fait,* avait dit l'autre, *mais il faudrait que la proprio soit là et, comme tu le sais, notre proprio est en Espagne. Et puis, j'en ai parlé à Charlie boy et il m'a dit que lui aussi, il avait des problèmes de rats, et que.*

Boris commençait à comprendre. Lentement mais sûrement.

— Alors, qu'est-ce qu'on fait avec les rats? lui relança Stef après lui avoir accordé quelques secondes de réflexion.

Prenez d'abord un petit couteau de cuisine bien effilé. Saisissez-vous du rat, de préférence en l'acculant dans un coin, en ne songeant surtout pas aux scènes de **Willard**. Les rats sont très cultivés et imitent volontiers leur héros, Willard, le Schiller des temps modernes.

HISTOIRES DE RATS

Chapitre premier

Au seizième siècle, les rats essuyèrent plusieurs pertes dans une région de l'Allemagne, située entre la Bavière et la Bohême.

Une fois que le rat est coincé, lui lancer le fer à repasser sur la gueule. Si vous voyez du sang couler entre ses petites dents, c'est goude. S'il repose sur son flanc gauche, c'est encore mieux. Le saisir par la queue, sans oublier qu'un rat est un rat et qu'il n'y a pas plus rat qu'un rat. Le rat d'égout a la queue très longue. Il peut mourir comme un des plus grands acteurs américains, ou homme d'État, car si l'on compare les états de l'homme à ceux du rat, c'est tout simplement que ce dernier est un homme d'État. J'ai nommé R.R. (Ratus Ratus? Ranold

Raegun ? Rubber Roubassa ?) Ne pas jeter la queue. Les queues de rat sont un délice. Je n'ai rien contre R.R. personnellement. Un mets très recherché. Ouvrir le rat, dérouler les intestins, qui peuvent mesurer plus de quatorze pouces. Je me fous des politiciens. Ils veulent manipuler ? Qu'ils manipulent ! Ils sont ce qu'ils sont, des twits qui mettent un terme à leur propre fin. La postérité les mange, comme l'a fait Saturne avec ses enfants ou la baleine avec Jonas. Attention, un rat peut mordre même s'il est mort. Pas aussi fort qu'un pitbull, mais au moins aussi fort qu'une trappe à rats.

Boris se rappela soudain que Stef avait un chat. Il lui demanda :

— Ton chat est-il en chômage ?

— Il ne mange pas de viande, répondit Stef sérieusement.

Drôle d'oiseau, le Stef. Il ne s'imaginait tout de même pas que Boris allait remettre les pieds sur la neuvième pour une chasse aux rats. Il reprit :

— Labine avait un pitbull.

— Oui, et puis après ? fit Stef.

— Il s'en est débarrassé.

Boris avait eu une bonne conversation à ce sujet avec Labine après la signature du bail. Ils avaient copieusement arrosé leurs chagrins. Labine ne comptait plus les chienneries de la vie à son palmarès, et Boris, lui, trouvait la vie plus que chienne. *Je ne me serais jamais débarrassé de cette chienne-là*, racontait Labine à propos de sa bête. *Elle était tellement gentille. Quand je lui disais « arrête ! » elle me regardait avec ses grands yeux, les crocs enfoncés dans la batte de baseball.*

Labine avait expliqué, *un pitbull ne peut pas démordre tant que les dents de la mâchoire du haut n'atteignent pas celles du bas. À la fidélité*, avait chialé Boris, ému jusqu'aux larmes. *Je te saigne avant de te lâcher.*

La chienne était morte empoisonnée, avait avoué Labine au bout de quelques verres. Boris avait baissé les yeux solennellement sur son verre et murmuré ses condoléances. Puis il avait demandé *empoisonnée avec quoi ?* *Avec du poison à rat,* avait répondu gravement Labine. *Du poison à rat ?* avait répété Boris, comme s'il avait eu une révélation lumineuse. *Ouais,* avait dit Labine en vidant son verre. Boris ne disait mot. *D'ailleurs...* commença Labine. *D'ailleurs quoi ?* avait dit Boris. Il ne supportait plus l'hésitation.

Labine se demandait si Boris pensait que, enfin, est-ce que d'après lui,

— La proprio serait d'accord pour que j'aie un chien icitte ?

Mouais.

La tapisserie à petits pois, les murs verts et roses fraîchement repeints. Les yeux de Boris s'arrêtèrent sur ceux du tigre en papier que Labine avait dessiné et découpé dans un vieux store et qui occupait un pan de mur dans le salon. Dans l'ancienne cuisine de Kunel où ils étaient attablés, un support à pots d'épices avait succédé au support à pots d'épices. Un lazy boy en cuirette plastique et un sofa mil neuf cent soixante meublaient ce qui avait été l'atelier de peinture et de collage de Kunel et de Mario. L'odeur d'aneth avait disparu. Un pitbull dérangerait-il la proprio ? Boris s'imagina en train d'expliquer à Laetitia, à son retour d'Espagne :

Ça va bien, Laetitia ? As-tu fait un beau séjour en Espagne ? Ici, tout s'est très bien passé. Ah oui, au fait... ton locataire, celui du deuxième, non, pas Mario, son colocataire, tu sais, le beau jeune homme de vingt-quatre ans, oui, oui, le beau grand, celui qui avait les cheveux frisés, les yeux bleus...

Celui qui joue du piano tard le soir ? dirait Laetitia en rangeant ses gants de chevreau dans son sac en peau de chameau. Celui qui laisse traîner ses chaussettes sales ? Oui, c'est ça. Bon, eh bien...

Boris regardait Labine. S'il pensait, s'il pensait. Il pensait surtout qu'il allait falloir cracher une fois de plus l'histoire du suicide sans tourner autour du pot. Laetitia, la main sur le cœur, pousserait les hauts cris pour la forme, ciel, ça ne se peut pas, comment est-ce arrivé? Un fusil, commencerait Boris. Suivraient le signe de croix en quatrième vitesse, les claquements de la langue, les hochements de tête. Laetitia, faute d'avoir le mets principal sous la dent, s'empresserait de faire la tournée du quartier, se faufilerait par la ruelle chez les voisins qui épiceraient la tartine. Elle psalmodierait la litanie des maisons hantées. Car Laetitia croit fermement aux fantômes. À l'exorcisme surtout.

Labine ne lâchait pas le morceau.

— Qu'est-ce que t'en penses? répéta-t-il. A kickerait-tu si j'y demandais la permission d'avoir un pitbull?

— Elle va vouloir exorciser la maison, dit Boris.

— Hein, t'es-tu malade, toé? s'écria Labine en s'agrippant à la table.

Lui et Boris étaient assis dans un angle de quatre-vingt-dix degrés. Toutes les tables, tous les carrés de trottoir sont des arènes. La grandeur de l'arène ne fait pas la gloire. *Olé, torero*, dit Boris en levant son verre.

— Minute, c'est quoi c't'histoire de torero? fit Labine en claquant des doigts.

L'hypnotiseur voulait ramener Boris en arrière, dans son carré de sable. La première tâche d'un boxeur est de trouver une arène. Boris jeta un coup d'œil circulaire. Labine suivit son regard. Boris avait le fixe sur le punching-ball pendu à l'arche qui séparait le salon de la cuisine. Il dit :

— Explique-toé. Tu me fais peur.

Toutes les thérapies sont bonnes pour dire où ça fait mal. Boris gardait les yeux rivés sur le punching-ball. Labine l'avait fabriqué lui-même à l'aide d'un sac d'armée bourré de guenilles. Labine changea de tactique :

— Veux-tu l'essayer? dit-il en se levant et en assenant deux coups secs dans la masse bleue.

— Assis-toi, lui ordonna Boris.

Labine revint lentement s'asseoir en soupirant.

— Ça a l'air sérieux, dit le rockeur en battant des cils.

— Le type qui habitait ici, commença Boris.

— Je le sais, l'interrompit Labine.

Boris se taisait. Labine poursuivit à sa place :

— Y a descendu quelqu'un.

Boris leva un sourcil :

— Comment sais-tu ça?

— J'ai trouvé une boîte de cartouches. Ma petite
jouait avec l'autre jour.

Boris baissa la tête. Labine en profita pour glisser sa
main sur son poignet.

— Si y a autre chose, tu peux me le dire. J'en ai vu
d'autres, insista-t-il.

Boris rit. C'est vrai que Labine en avait vu d'autres.
C'était écrit dans sa face. Il avait le nez cassé, et quelques
cicatrices qui avaient valu à son père les pages centrales
d'**Allô Police**. En gros titre, **Le boucher démasqué**.

— Il y a des rats ici, râla Boris, les larmes aux yeux,
secoué de rire. Il paraît que Stef les entend se battre dans
les murs. Tant qu'il ne les verra pas se balader dans sa
télévision! hurla-t-il.

Labine ne répondit rien. Il fit lever Boris de sa chaise
et le mena devant le punching-ball, lui prit les poings et
les plaça contre la masse. Il attendit qu'il se calme un
peu. Boris reniflait. Il avait un goût âcre dans la bouche,
un spasme lui tordait l'œsophage. Il aimait le contact de
ses poings sur la grosse toile bleue, un peu rude contre
ses jointures.

— Awaye, dit Labine. Fesse tant que tu veux.

Les krishnas avaient fait brûler de l'encens.

— Rien à faire, ça sent le rat mort, il faudrait que tu y voies. Tu as encore des choses à aller chercher, dit Boris à la Dolce. Des boîtes de livres, des cossins, et aussi une lampe, je crois.

— Peuh, Charlie boy n'a pas refermé le soupirail, reprend la Dolce en brassant furieusement les gourganes. Avant, il n'y avait pas de rats ; Poupounette faisait la police dans la baraque. Carlos lui-même empruntait Poupounette ; elle mangeait les pigeons qui nichaient dans le toit. Tu sais, la corniche.

Lek sourit. Carlos avait un immense mâtin noir, Clark. Clark se couchait sur les ordres de Poupounette, *la javeline, la coquine, la noire à guépard*, faisait Carlos en enlevant la chatte, laquelle exerçait un effet puissant sur Clark qui, côté chasse aux pigeons, valait que dalle.

La Dolce se tait, allume une cigarette, crache un morceau de tabac. *Pas une seule bestiole dans la maison,* ajoute-t-elle. Elle repart. Histoire des araignées dans la douche. À l'en croire, c'était toujours la même, une araignée d'eau. *Tu te souviens, à Gronet ?* fait la Dolce en agitant la main, *pas besoin de t'expliquer. Bon. Poupounette entre dans le bain, trente secondes plus tard, elle ressort en mastiquant.* Boris frémit toujours à cet épisode.

Les pattes de l'araignée entre les dents de la chatte. *Si au moins l'eau avait été chaude,* tonne la Dolce en parlant de la douche.

— Normal, trouve Boris. Au mois de janvier, le tuyau a pété.

Elle le regarde sans comprendre.

— Le soupirail était ouvert, explique Boris.

Ah, Ah, Ah, fait la Dolce. Tordue de rire. *Tu ne vois pas, tu ne vois pas, ce que tu viens de dire, enfin, répète la phrase que tu viens de dire, et tu vas comprendre,* fait-elle en essuyant une larme.

— Normal, au mois de janvier, le tuyau a pété, répète Boris.

C'était normal. Au mois de février, ils n'ont rien mangé, au mois de mars, ils en ont chié, au mois d'avril, Kunel s'est tué, au mois de mai, mois de mai, au mois de juin, Geraldo est tombé du balcon du deuxième étage, au mois de juillet, Montréal inondé. Retour de Lek.

— Tu délires ou quoi ? dit Lek en épluchant une mandarine.

Choisissez vos quartiers.

Ouais, c'est ça, je délire. La Dolce écrase sa cigarette, l'air subitement renfrogné. *Je disais à Boris, l'histoire du tuyau. Une cascade dans la cave.*

— Je sais, je sais, insiste Lek. Dans le vide sanitaire.

— Ouais, puis la panique dans la cabane, termine-t-elle.

Elle oublie parfois que j'y étais, rumine Lek. Pourquoi répète-t-elle ça ? se demande Boris. La seule place où il aimait les gens, c'était sur le papier.

Borborygmes, borborygmes, éructe l'évier.

— Ça vient de l'évier, dit Lek.

En voilà un qui a de l'oreille, pense le tio. Il sort son accordéon. Et s'il jouait **Jalousie** ou **Domino**, pour changer les idées aux jeunes. *Au fait,* s'enquiert-il en regardant la Dolce, *ça s'est arrangé cette histoire de tuyau ?*

Histoire de tuyau, répond la Dolce qui ne se souv... *ah, oui, ah, oui.* Mémorable, Charlie boy avait été mémorable. *Il n'y a plus d'eau,* avait-il déclaré avec angoisse. Il avait beau tordre le cou au robinet. Rien. *Écoute, écoute!* Un doux froissement semblait sortir d'entre les lattes du plancher, un fantôme froissait du papier de soie, un spectre déchirait des lettres d'amour.

Le tuyau avait donné l'occasion à la Moukère de se pogner les joues, *pauvres enfants, pauvres enfants, toujours la misère, toujours des malheurs qui vous tombent sur la tête, votre père, c'est de sa faute aussi, vous pouvez même pas lui téléphoner pour un coup de main.* *Tasse,* dit la Dolce en poussant doucement sa mère contre le mur du corridor. **Ça serait si naturel** *qu'il vienne vous aider dans un moment pareil,* continuait la Moukère, chantant sa complainte. Il ne lui manquait qu'un tchador. *Excuse-moi,* dit la Dolce à Charlie boy qui, les yeux au plafond, un doigt sur la joue, calculait oralement le coût d'un bris de tuyau au mois de janvier, *un samedi soir, par-dessus le marché,* interrompant sa réflexion en criant à l'Archimède, *il faut appeler quelqu'un!*

— Appelle la ville, la police, les pompiers, qui tu voudras, mais ôte-toi du chemin.

La Dolce passait, repassait avec des outils. Une pince, un tournevis, un marteau, des torchons. Elle demanda à la Moukère, *as-tu une lampe de poche?*

— ... vous aider au lieu de se vautrer avec sa, avec sa, sa pute! Ouais, une lampe de poche, il y en a peut-être une dans la garde-robe sous l'escalier. Vot' père, y a ben organisé son affaire, lui, en plus, la grosse v... elle est grosse comme ça, et chaque fois qu'il est à sec, tintin! Regarde dans le capharnaüm! La lampe est peut-être derrière toutes tes boîtes de livres.

Le **toutes** était de trop. Trouver une lampe de poche qui n'existait pas. Et Aladin?

— On l'a vendue au bazar, se souvint Charlie boy.

Il avait lâché le téléphone.

Combien ? avait demandé l'acheteur en caressant la lampe. Enfin, s'était dit Charlie boy. C'était son premier client. Un homme d'une cinquantaine d'années, qui marchait le dos droit, les cheveux bien peignés. Dans la poche arrière de son pantalon gris, un peigne en plastique noir à l'extrémité moulée en forme de crochet ; il se curait les ongles. Cheveux noirs, gris sur le front. Charlie boy tenait un rouleau de ruban. Il a toujours aimé les étiquettes. Il écrivait le prix de chaque article, des jouets, disposés dans la cour. Il faisait très beau. Automne doux, gris sévère. Là, il rejouait la scène du marchand général, en tablier blanc, à pitonner sa caisse, un marchand de Venise criant *banco*.

— Une piasse, risqua Charlie boy après un moment de réflexion.

— Hein ? avait sursauté la Dolce.

Elle s'était approchée, avait regardé Charlie boy et lui avait murmuré *tu ne peux pas vendre cette cochonnerie un dollar.*

— Un bazar, c't'un bazar, avait tranché Charlie boy.

L'homme avait payé et était reparti avec une lampe de poche, mais sans génie.

C'est le mari de l'Anglaise, miaula une voix. Charlie boy aperçut Laetitia, accoudée sur la clôture, binette à la main, une mimique digne de Buster Keaton, le pouce tourné vers l'homme qui s'éloignait dans la ruelle. Un chuchotement, *y couche avec sa p'tite*. Pulpeuse, blonde. Débit accéléré. Proprio. En vacances neuf mois sur douze en Espagne. Une bonne relation, se disait Charlie boy. Immédiatement, il s'approcha, question de jaser avec sa voisine. La Dolce étiquetait des verres à vin. Le berceau des putes. L'école des putes. Il y avait bien des gens dans la rue qui avaient l'air de putes, alors la Dolce ne prêta guère attention à ces propos. Elle voyait les petites faire leurs premières tentatives en affrontant le grand boulevard. Première limite à franchir avant d'atteindre le bout du monde. S'affranchir coûtait la peau des fesses dans ce quartier. L'Anglaise, une femme belle mais complètement désespérée, criait souvent à sa fillette :

— Where do you think you're going ?

— M'en vas jusse faire le tour du bloc, grimaçait Sophie.

Le tour du bloc, de l'îlot, ma chère. Sophie enfilait le boulevard, direct jusqu'à la Saint-Denis, traversait la zone des manufactures et atteignait le centre-ville. Sans lampe de poche.

Passe-moi la vieille lampe jaune, un fil, aide-moi, mais aide-moi donc, bonyenne, quand même que tu m'aiderais à soulever la trappe. Charlie boy se cassait les ongles. *Pas avec les ongles, prends le levier, c'est-y possible.* Il préférait se faire mal, l'énervé. La maudite trappe. Un trou noir. *On se croirait à Venise,* dit la Dolce. *Ça chuinte et clapote. Manque juste les gondoles.*

Attention au choc, dit la Moukère. Encourageante, elle. *Non, non, je ne prendrai pas de choc.* La Dolce enfilait ses gants bleus. Se glissait dans le trou. Poutres, solives, rocs. Dans la cave, tout était beaucoup plus paisible.

— Pis ? cria Charlie boy. Pis ?

Elle ne répondit pas, faisant semblant de ne pas entendre, d'ailleurs, elle entendait à peine. Tout était si feutré, tout était ouateux. L'eau giclait sur la laine minérale rose. De la terre qui n'avait pas vu le jour depuis quatre-vingts ans. De la farine froide. Elle avisa le soupirail grand ouvert, le referma en le bourrant de laine ici et là, elle bouchait tout ça du mieux qu'elle pouvait. *Pis ?* criait Charlie boy, désespéré, *réponds !*

Descends donc, descends donc toi-même. Viens voir de tes propres yeux. C'est pas épeurant. Viens voir ce qui se passe dans la cave. Tellement chouette que ça donne envie de faire un pique-nique, d'ouvrir une bouteille de vin, de la boire au goulot et de mordre dans un saucisson sec. Il fait aussi doux que dans l'igloo qu'on se construisait sur le nid de la marmotte, où l'on se cachait des autres en enterrant l'entrée sous la neige. *Et puis ?* Charlie boy montra son visage dans le carré de la trappe. *L'eau monte,* dit-elle, fascinée par la petite fuite d'eau énervante, un filet vite absorbé par la terre. *Combien de pieds ?* cria Charlie boy. *M'fatigue. Oh, au moins deux,* répondit-elle en regardant la pointe de ses bottes. Déclencha l'accélération. Il dit à la Moukère, *mon Dieu, y a deux pieds d'eau, y a deux pieds d'eau, y a deux pieds d'eau.* Se tordait les mains, s'essuyait le nez. *Calme-toi, calme-toi, dis à ta sœur de remonter,* ordonnait la Moukère.

Rester là, dormir là, comme une bête qui se replie en soupirant, et eux qui s'énervent. Pour de l'eau. Elle fumerait une cigarette, tranquille. La Moukère s'approcha de la trappe. Je vais vivre ici à partir d'aujourd'hui. Je vais surveiller le tuyau et il n'éclatera plus jamais. Je vais lire des tas de livres et dormir.

Les babouches de la Moukère piétinaient sur le bord de la trappe, au-dessus de sa tête. La Dolce reprit la lampe jaune et se hissa dans le corridor. La Moukère alluma une du Maurier king size et la lui glissa furtivement entre les lèvres. La Dolce retira ses gants et les jeta par terre. Sont finis, ces gants-là. *C'est dangereux de fumer,* chuchota la Moukère en jetant un coup d'œil du côté de Charlie boy. *On n'entend plus l'eau couler. Ouais,* murmura la Dolce en expirant de la fumée, *j'ai enroulé une guenille autour du tuyau.*

— Ça ne me dit pas quand vous allez venir, monsieur ! Y a déjà deux pieds d'eau dans la cave !

Charlie boy gueulait au téléphone.

Yé ben nerveux, dit la Moukère en écrasant sa cigarette par terre. Charlie écumait, *ta cigarette ! J'y retourne,* dit la Dolce. *J'y vais aussi,* fit la Moukère. *Je tiendrai la lampe.*

Beaucoup de gens étaient venus au bazar. La cour était petite, les objets bien disposés. Les vêtements suspendus par des cintres attachés par des bouts de laine bleue à la rampe de l'escalier en colimaçon. La laine provenait d'une vieille pelote qui avait servi à faire une écharpe pour P. À trois rangs d'avoir fini de la tricoter, la Dolce avait perdu la course contre les secrétaires du bureau de P. qui lui avaient offert une belle écharpe en cachemire, direct de chez Iton. *Regarde le beau cadeau,* se pavanait-il.

Enfin.

Les vêtements. Une robe indienne violet et magenta, une veste de cuir des années soixante-dix, cinq ou six chemises à collet pointu, et aussi une jupe taupe, en laine. *Vingt-cinq cennes?* avait dit Charlie boy en levant le sourcil devant la petite pancarte qui affichait le prix des guenilles. La Dolce lui montra la couture défaite sous la manche de la robe, la fermeture éclair râpée de la veste de cuir et la doublure de satin inexistante sous la jupe. Parmi les objets de la Dolce, il y avait sa vieille Minolta, réchappée d'un naufrage entre deux îles des Caraïbes lors d'une expédition en Zodiac vers une île militaire. Seul le posemètre était fichu. La machine à écrire mécanique. Une machine à écrire rouge.

— C'est combien? demanda une voix de petite bonne femme.

Surprise, la Dolce se retourna et reconnut la dame qui servait chez le dépanneur, celle qui ne se souvenait jamais du prix du **Devoir** mais toujours de sa marque de cigarettes.

Ah, bonjour, fit la Dolce. La machine à écrire entre les mains, elle dit : *Vingt-cinq dollars.*

Immédiatement, les billets glissèrent dans sa main. *Merci,* dit la femme du dépanneur. *C'est pour ma petite fille. Ouais, ça va être pratique pour faire les comptes,* dit le mari qui fouillait dans les vêtements. *Attendez, je vais vous montrer un truc formidable,* dit la Dolce. Son doigt effleura le clavier noir et s'arrêta sur une lettre en forme de n, surmontée d'un serpent. *Ça, c'est ce qu'on appelle la uña,* dit la Dolce. *C'est une machine à écrire espagnole.*

— Wow ! firent la femme et son mari.

De retour dans cinq minutes. Restez avec nous.

La Magnet Radio est en forme. Boris baisse le volume et tasse une pile de factures. Au début, il n'y avait pas pensé, la Magnet Radio n'était pas qu'un simple accessoire posé par Kunel à ses côtés avant de se tirer. Il y avait une cassette insérée dans la Magnet Radio et une autre, sur le plancher. Boris avait écouté le début, le milieu et la fin. Les deux cassettes étaient vierges et duraient quatre-vingt-dix minutes. Mise en scène, objets futiles, avait pensé Boris. Kunel, tu t'es écarté de ma porte, et c'est tout. Je suis toujours à la même place dans ce monde, sous le ciel. Et c'est là que ça se passe, sous le ciel. La faim, ce n'est rien. On donne à la boîte qui grince sa pitance, ne serait-ce que pour faire taire le bruit.

Kunel avait enregistré le silence pendant deux heures. Un détail. Le silence et ses crépitements invisibles. Le chuintement de l'eau qui crie. Le clic du frigo, le bourdon.

Tout ça étouffé ; la porte était fermée.

— J'espère que tu ne passeras pas la journée sur ça, dit Sim.

Boris lui tend une facture. Voilà où il en est, à trier. *La calculatrice fonctionne bien ?* lui demande Lek. Directifs, les mecs. *Ouaipe, mais j'ai besoin de papier,* balbutie Boris. *Papir, papir, ah oui, du papir, tu vas trouver ça dans la garde-robe, dans le casier en métal. T'as qu'à fouiller. Il faut qu'on y aille.*

C'est ça, allez-y, pense Boris. À l'idée d'ouvrir la garde-robe, de fouiller dans des papiers, il frémit. Terminus, tout le monde descend, réveillez-vous, ma petite dame.

— En attendant, lui conseille la Dolce, tu ne trouves pas que tu devrais finir Anna?

Bing. Pouf et ratapouf.

— Tu m'emmerdes, maugrée-t-il.

— C'est très fatigant d'être méchant, dit la Dolce.

Ça va rugir, Boris le sent.

— C'est quoi la méchanceté?

Elle hausse les épaules, elle n'en a aucune idée, mais un patron, c'est méchant, comme tous ceux qui s'occupent des affaires des autres et qui en font toute une business. On est tous assujettis à un père, selon elle. Tous. Le patriarche veut les deux sexes. *C'est pas parce que tu es un homme que tu y échappes.*

— Un homme, souffle Boris.

La Dolce s'impatiente. Lek l'attend. Elle s'emporte. Il faut bien qu'elle secoue Boris.

— Un patron, ça reste toujours un patron, dit-elle.

— Ouais. Et une secrétaire, ça reste toujours une secrétaire, réplique-t-il.

— Tu as rappelé Nonno? Qu'est-ce qu'elle a dit, la secrétaire?

— Que Nonno était occupé avec son catalogue. «Est-ce qu'il peut vous rappeler lundi?» a dit la réceptionniste. Comme si j'avais eu le choix, explique Boris.

Boris ricane dans son coin de ring.

— Les gens ne sont pas méchants, soupire la Dolce. Les gens sont d'affaires. C'est bien normal.

S'arracher une pointe de la tarte sociale, rester des années à couver, à protéger son morceau et surtout faire chier le peuple. Et c'est possible tout de suite. *Lundi, je ne serai pas ici,* a répondu Boris à la réceptionniste qui attendait la suite. *Je serai au sommet de l'Himalaya à*

*faire cuire une jambalaya et à contempler le coucher de
soleil sur une pyramide de têtes inertes.*
La Dolce hausse les épaules. *Tu ne t'en tireras pas
comme ça.* Qu'elle aille se faire foutre, pense Boris. Il a
envie de pisser au moins depuis une heure. *J'aimerais
avoir du beau papier à écrire,* rechigne-t-il. Elle enfile
un vieux chandail de la Moukère. *Tu ressembles à une
petite poupée guenillou,* renâcle Boris. Assez. Assez et
assez. Avez-vous compris que c'est assez.
Tu parles comme Kunel, tu me fatigues, s'énerve la
Dolce en endossant son manteau. *Tu sors?* lui demande
Boris. *Ouais, j'ai des courses à faire, moa. Je vais voir les
rats.*
C'est ça, partez tous. Partez.
Quand on n'est pas méchant, on est passif. Quand on
est passif, on est nono. On se fait jouer des tours. Et c'est
là que le vrai fun commence. Le meilleur maintenant. *Ah,*
pleurniche Boris, *si je pouvais au moins faire un saut
chez Fauché.*
— Fauché a cogné un peu fort, réplique la Dolce,
c'est mort de ce côté-là aussi, tu devrais bien te mettre ça
dans le coconut.
— Lek ne te ratera pas, gronde Boris.
Elle le fusille du regard. La muse va danser. Boris
voit tout cela et il se mord les lèvres. Depuis quelques
jours, ça dépasse les bornes, il a le poing gauche serré.
De quoi avait-il besoin, d'un verre d'eau peut-être?
La Dolce a les larmes aux yeux. Ça lui arrive quand elle
a envie de rire, et qu'elle a envie de musique. Elle prend
un des instruments rescapés du carnage, c'est comme si
un grand vent soufflait. Elle se tourne, ils sont là, Lek
avec sa guitare rouge, ses doigts remontent le manche,
redescendent, il court après une musique folle, géniale,
sensuelle, oui sensuelle. Kunel délire sur le piano céleste,
Mario plane sur les notes noires, Fauché à tonitruer, à
sculpter, à vaporiser le jaune. À faire bander de joie.

Lysbeth l'avait dit à Boris, *je baiserais bien avec toi, tu m'attires, Boris, mais Geronimo, c'est la musique, et pour moi, la musique, c'est l'homme.* Si elle ne croyait pas en Dieu, Dieu serait la musique. Tautologie de merde, trouvait Boris. Il ne se gênerait pas pour lui dire, *il faut prendre ce qui passe, Lysbeth.*

Une pointe acide lui démange l'œsophage, quoi donc, allait-il devenir goutteux comme tous les auteurs qui parsemaient sa bibliothèque ? Sa bibliothèque, tu parles, elle se limitait à celles des autres. Sim lui avait dit, *dans la garde-robe, il y a du papir, et tu trouveras des bouquins, il y en a cinq ou six qui traînent.* Il fallait ouvrir la porte.

La Dolce piétinait. Boris la faisait danser. Elle se sentait une bête prête à mordre, ou à piquer, comme lorsqu'elle affrontait Kunel. Il délogeait le cobra en elle, elle n'aimait pas ça, c'était terrible, elle aurait voulu qu'il jette la guenille, ne serait-ce qu'une fois, que le duel cesse, qu'il la fasse descendre du ring. *Pourquoi faire la pitre devant toi ? Ça t'amuse ? Ça te fait rire ?* D'accord, oui, pour l'entendre rire, pour le voir au piano, et chasser la tristesse, la nuit, dans le parc des fables, la tête sur les racines, les yeux au ciel. *C'est Orion, là, et là, c'est la Lune.* Quand elle ne s'endormait pas, il faisait le vent dans son oreille jusqu'à ce qu'elle rêve. Les femmes, les amies d'artistes meurent dans l'oubli, dans la misère, souvenez-vous-en, mes chères, elle ne pouvait se fier à aucun modèle, elle regardait la Moukère, elle regardait le tio, le frangin, elle regardait le miroir.

Elle ne voulait pas savoir qui était la plus belle, ça, elle le savait. Savoir ce que le miroir ne lui disait pas.

Elle avait faim comme la fille peule a l'échine déliée, aux seaux d'eaux et d'os, qui porte les jarres ou les fagots, la fille peule a trois kilos de poisson sur la tête, une tête de reine, des fils d'or dans les tresses.

Moi aussi, j'aimerais ça avoir trois kilos de poisson sur la tête.

Elle ouvrit le frigo pour y prendre la cruche d'eau citronnée. Désespérant. Un enfant de cinq ans aurait pu compter ce qu'il y avait dedans.

En finir avec Anna, pensait Boris. Il ne lui ferait pas mal. Elle était vive sous sa plume. Anna pose, lascive, le triangle noir apparaît sous un carré de velours, c'est tout ce qu'elle porte, à la chasse ou dans sa tanière. L'homme a les mains occupées, pleines de boue, Anna, oh, Anna, elle l'enlace par surprise, je ne peux pas, pas maintenant. Elle n'écoute pas, frotte son pubis contre ses genoux, il tremble, la salive gicle sous sa langue, il ferme les yeux, elle le pince sous l'aisselle, le mord, elle veut les yeux, l'extase des yeux, elle l'agrippe par la tignasse, d'un coup de genou, le fait fléchir, il tombe, elle renverse son corps, fouille ses lèvres, les yeux grands ouverts, c'est le vertige. Sa main glisse le long de son jean, elle est déjà nue, défait la lourde boucle de métal, il frémit, il a mal, elle pose ses lèvres sous son nombril, son sexe glisse dans sa bouche. Ouf.

Boris prit sa plume. Il baiserait, mais comment? Tu n'es pas subtil, lui murmurait son appétit.

Il avait l'impression de se faire assassiner ailleurs, dans un autre livre, dans une autre histoire. De se faire mener à l'abattoir de Medina, avec les chèvres, les boucs en laisse, les chiens aux oreilles ravagées, tranquilles et parasités. À quelle vitesse vont les parasites. Pas de point d'interrogation. Kunel n'est pas là pour répondre. Bien fait pour votre gueule. Le plus grand iconoclaste que Boris ait connu semblait avoir renoué avec le style le plus proche de la tragédie grecque. Dépouillement, style.

— Nous en ferons une belle image que nous déchirerons! Nous en ferons un gyproc que nous martèlerons! avait vociféré Fauché à la sortie de l'église.

Le temple. Kunel avait eu droit à plusieurs enterrements. Celui-là sera le dernier, se jure Boris en mettant un point à une phrase cochonne.

172

Chaque ami avait inhumé Kunel à sa façon. Lui, il tardait à le faire. S'il le fallait, il irait en Afrique enterrer ce bout d'os. Il le volerait à la Dolce. *Tu t'entêtes comme une conne à conserver cette relique. Dépêche-toi de t'en débarrasser,* dit-il. *Dépêche-toi, il sera trop tard.* Il voyait ce bout d'os grossir. Un mausolée.

Elle ne veut rien entendre. Rien. Elle ne fait plus de commentaires. Elle s'en fout. Bouffée, la conscience. Quelle date sommes-nous? *Tu devrais faire une sieste,* lui suggère-t-elle en lui caressant le front. Il irait en Afrique faire une sieste, sous les grandes moustiquaires en tulle légère comme des pyramides de vent.

Il faut dormir douze heures par jour pour récupérer de l'aliénation. Qui veut de l'aliénation, qui veut de l'aliénation? Demandez l'aliénation! Tout a l'air beau, vous aurez de belles vacances. C'est pas cherrr, ânonne la Magnet Radio. Espèce de réhabilitée. Boris s'éveille avec un plan vengeur, le poing serré sous la couverture. Ça lui revient dans les rêves, comme celui où Lek et lui franchissent un raz de marée (ou est-ce la mer) parce qu'ils sont trop petits pour se noyer.

L'eau submergeait la neuvième avenue, pliait le saule pleureur, noyait le pommetier, lézardait les murs de briques. Lek et Boris nageaient à travers les branches, atteignaient le balcon. Ils appelaient Charlie boy pour qu'il vienne leur ouvrir la porte. Des branches chevelues couvraient les fenêtres et les portes, mais la lumière filtrait par les fentes sur le côté. Kunel apparaissait à la place de Charlie boy. Il les embrassait. Fais quelque chose, vieux frère, implorait Lek. Boris levait le poing, et.

Le téléphone a sonné, a sonné. La secrétaire de Nonno. La petite blonde au dents croches. Suce-t-elle bien, Nonno? La dernière fois que Boris était passé au bureau, Nonno buvait du Sanka en lui assurant qu'après Anna, il aurait son chèque. Entouré de petites plottes pour le retremper dans l'enfance. Voulez-vous un whip-pet? Elle se laissera pogner le cul, avec un petit contrat, elle se le torchera. Est-ce qu'il pouvait passer au bureau? Oui. Il n'y a plus de classes. Pink Floyd a les sillons maganés. Le fiel, le fiel, c'est jaune.

— Mais c'est vrai! criait Fauché.

Ne pas écrire des choses vilaines sur les murs. Ils avaient vilipendé les ploucs, et cassé du sucre sur le dos des bourges. Le sang avait giclé. Dans la guérilla, j'ai perdu un pote, se dit Boris. Combien y passeront. Il allait s'enfermer dans la garde-robe, comme dans une toilette. Combien d'électrochocs lui faudrait-il pour le faire agir?

La Dolce est excitée. Lek a fait démarrer la Mazda.

— Aujourd'hui, elle fonctionne, mais pas pour long-temps, précise Lek, la main sur le volant. Sais pas si Carlos y sera.

Il essuie la buée du revers du coude en attendant que le feu passe au vert. Oui, Carlos est là. Lek se gare derrière le quatre par quatre. *Ferme à clé,* dit la Dolce en sortant de la voiture. *Ouais, ouais,* répond Lek, contrarié. Déteste fermer à clé. Une habitude de ville, trouve-t-il. La Moukère ouvre la porte. Elle les a entendus arriver. La Dolce fait la gueule, s'efforce de sourire, n'y parvient pas. Elle jette un coup d'œil sur la maison de Laetitia. Chez Labine, la fenêtre est scellée par un store opaque abaissé jusqu'au ras de la fenêtre. Pourquoi il a fait ça? Kunel, mon... *Je vais faire un tour chez Carlos,* dit Lek en la plantant au pied de l'escalier. Pourquoi a-t-il fait ça.

Écoute, ce n'est qu'un individu, il y a des milliers d'individus qui se battent ailleurs et qui crèvent sous le feu des balles, en Haïti, tiens. Alors, qu'est-ce que la mort d'un homme, lui... Bon, assez, avait dit Boris. Régime de banalisation. C'était le soir de la remise du livre qu'il avait préfacé. Après le lancement, autour d'une table dans un bistrot chilien. Il y avait là Roland, et Fajardo, le cinéaste qui n'avait d'yeux que pour on sait qui. La Dolce mâchouillait sa paille. Ça faisait longtemps qu'elle avait fini sa sangria. Il faisait une chaleur étouffante dans le local que l'équipe de soccer chilienne avait prêté pour le lancement du livre imprimé en édition bilingue. C'est Boris qui l'avait convaincue, suppliée, oui, de l'accompagner.

La Dolce soupire au pied des marches. Boris l'a emporté. Elle y est encore sur la neuvième. Chercher ses cossins. *Ben quoi,* avait fait Boris, *et moi, regarde où j'en suis!* Elle avait baissé la tête, sans répondre. *J'en suis à faire de la compatibilité!* avait bégayé Boris en ouvrant les factures en éventail. *Bon, j'y vais,* avait-elle dit. Elle qui était décidée à ne plus remettre les pieds dans ces lieux où il n'y avait que du pourri.

Elle frémit, en montant les marches, à l'idée que la petite de Labine dort à l'endroit où... *C'est pas grave,* avait dit Labine, *maintenant il y a une belle petite fille qui dort là.* Et il l'avait prise par la main et conduite jusqu'à la chambre.

Chambre de Kunel. Feuillets, cigarettes, briquet. Masques africains décrochés. Les esprits faisaient la fête à leur goût. Les tam-tams roulaient dans la pénombre, le vent chaud tournait en spirale dans la pièce, ça sentait l'aneth, le cuir, le sang, elle se perdait dans la pénombre hypnotique, le roulement sonore, l'appel des troncs creux, elle n'avait pas eu peur, non, jamais eu peur, comment pouvait-elle avoir peur de la nuit, le voile de la nuit, ils étaient si heureux enfin quand le voile de la nuit tombait, enfin, ils se sentaient en sécurité, enfin, ils sortaient dehors, anonymes, c'était le jour qu'ils en bavaient quand le soleil les surprenait, les éclaboussait, leur pétait le front. La petite dormait paisiblement, comme le petit Roseau après avoir passé la soirée à jouer dans la ruelle, à échanger des cartons, des éclats de vitre, après s'être colleté. La journée à l'envers, racontée par Kunel. Vas-y, raconte-moi ta journée à l'envers. Un peu de tension dans le fil.

Chez la Moukère, la cafetière espresso fumait. Elle ne disait rien. Elle sortit les tasses blanches, se frotta les yeux, se frotta les mains. Enfin, elle chuchota qu'elle était retournée dans la cave, pour l'histoire du soupirail. Deuxième édition. Et des rats, se dit la Dolce. La Moukère devait certainement avoir trouvé quelque chose de dark.

— Il y avait un chat, commence la Moukère.

Et ron ron ron, petit patapon.

— Ah, bon, soupire la Dolce avec soulagement.

— ... un chat mort, tout pourri, grimace la Moukère. Je l'ai pris, je l'ai sorti, je l'ai ficelé, il n'arrêtait pas de se défaire en morceaux, et puis j'en ai trouvé deux autres, des vivants, des sauvages qui me grondaient après.

Boris adorerait. *Comme ça, tu trouves qu'il faut de la tension pour écrire ? Intéressant,* avait dit Kunel à Boris. *Tu devrais écrire une méthode.* Boris griffonnait à gauche. Détestait faire des ratures. Il appelait ça mutiler le texte, le meilleur disparaît sous une crise de raison qui remonte à la surface, nettoie, vidange, aplanit tout. Liquidé, le bulbe primitif. Il a tout le temps de noter des mots comme ostracisme dans la marge.

— Et puis, as-tu réussi à coincer le rat chez Charlie boy ? reprend la Dolce.

Non. La Moukère a demandé à l'Anglaise *vous n'au-riez pas ça, une trappe à rats?*

Sure, avait répondu l'Anglaise, enchantée de dépanner la Moukère. Un après-midi, elles ont pris le café ensemble, puis la Moukère a installé dans la salle de bains la trappe ornée d'un morceau de fromage des plus appétissants, à la couenne huileuse, tendre en dedans.

L'Anglaise a raconté l'histoire à Carlos. *Tu parles,* fait Carlos en débouchant une bière pour Lek. *Deux gros morceaux de cheddar y ont passé. La meilleure solutione,* selon Carlos, *ce serait de ramener Poupounette.*

Lek est bien d'accord, mais ce n'est plus de ses affaires. *Où sont passés les deux autres chats, Azred et Magritte?* lui demande Carlos.

— Magritte? a fait Mario quand Boris lui a posé la question. Il a disparu.

Magritte ne sortait pas souvent, ce n'était pas dans ses habitudes, Kunel avait peur de le perdre, et même s'il laissait parfois la fenêtre des toilettes ouverte pour que le chat puisse aller faire un petit tour, Magritte se contentait de se coucher sur le bord de la fenêtre. Regardait je ne sais quoi, les rares oiseaux qui s'aventuraient sur la galerie à picocher les poubelles qui s'accumulaient. Kunel, pendant ce temps, écrivait, dos à la fenêtre inondée, le soleil sur les épaules. Il se surprenait à être bien, à souffler sur le papier, comme sur un tison. Et ça marchait. Micheto! Et il continuait, le soleil dardait l'os de son épaule. Il savait exactement où était le soleil, déjà ébréché sur la brique, le soleil se dégonflait doucement, très doucement. Un rayon oblique atteignait la plume qui avançait, avançait, et le rayon oblique captivait Azred, elle feulait. Azred, la chatte blanche au loup noir.

Elle veut toujours baiser, disait Mario en flattant la chatte. *Qui n'aime pas ça?* répliquait la Dolce. Azred en chaleur. Azred dans les sacs de macaronis.

Il a suffi que la porte de la chambre soit fermée pour qu'elle la pousse, l'entrouvre et se faufile. Elle est entrée la première, avant Mario, avant la Dolce, dans la chambre des pianos. Le masque en os était suspendu à la poignée. C'était nouveau. Avant, il était accroché au mur, avec les autres masques. Elle avait voulu jouer avec les osselets. Elle avait essayé d'inciter Magritte à bondir dessus. Il n'y avait plus de soleil. Elle s'ennuyait, à l'affût. La chatte avait fait tinter les chaînes, les os avaient remué, le pêne avait glissé, le masque avait grimacé, le poids des os avait fait s'entrouvrir la porte. Bonne idée. Tout était tellement bien préparé. Action, réaction.

Un coup d'œil à droite. Le lit défait, les couvertures éparses. Un lit gigantesque.

— Il y a une chose que j'aimerais avoir, a dit l'amante de Kunel, embarrassée devant la sculpture que lui tendait Mario.

La liste achevait. *Quoi ?* a demandé Mario en déposant les anneaux inséparables que Kunel avait sculptés dans un bloc d'ébène et qui revenaient, selon le testament, à l'amante.

— Son lit, son beau grand lit, a-t-elle dit en s'étirant. On dort tellement bien dedans.

Azred en savait quelque chose ; amante ou pas, elle dormait sur les pieds de Kunel. Il était où, Kunel ? La chatte avait passé la tête dans l'entrebâillement de la porte. *Ah, tu es là, saltimbanque.* En collant noir, et en maillot noir. *Mario, tu n'as rien remarqué ?* avait demandé Lek durant la nuit de veille. Mario avait hoché la tête. Non, non, il n'avait rien remarqué.

Seulement que Kunel avait astiqué son fusil en disant qu'il se préparait à la chasse. *Au printemps ?*

Carlos sourcille.

Colère de colère. Lek avale une gorgée de bière. Lui, la dernière fois qu'il avait astiqué un fusil, c'était au service militaire, et il s'était arrangé pour le faire si maladroitement que ses supérieurs avaient jugé qu'il valait mieux l'envoyer au mirador. *C'est comme ça qu'il faut faire ?* avait demandé Lek au sergent en tournant l'arme dans sa direction après avoir graissé le canon. *Ça n'a pas fait long feu, j'ai été promu au rang de P4, avec la mention interdiction de manipuler des armes. C'est quoi ça ?* demande Carlos. *Les instables caractériels,* répond Lek, *les dingues, quoi.* Alors il s'était retrouvé dans le mirador à fumer des pétards de libanais blond, à surveiller les étoiles, une revue porno sur les genoux. Le sergent était cool, il avait relu sa fiche et, voyant qu'avant le service Lek avait travaillé chez Lancia comme mécano, il lui avait confié la tâche de réparer les véhicules et de conduire les ambulances. *Total, tu t'en es bien tiré,* dit Carlos. *Je m'suis débrouillé,* admet Lek.

Devant la garde-robe, Boris se pogne la tête. Il n'en revient pas. Il exagère. Il a une trouille d'ouvrir la porte de la garde-robe. C'était bidon, son truc, à Kunel. Quoi? Il était peut-être vivant, peut-être que Mario avait dit vrai quand il affirmait aller le rejoindre en Irlande. Quelle patente. Azred ne s'était pas posé de questions, elle. Elle s'était faufilée dans la pièce, comme lui-même devrait le faire, là maintenant tout de suite, ouvrir cette porte, tasser les vêtements de Sim, il y trouverait le casier de métal et, dans le casier de métal, une pile de feuilles blanches utiles pour la comptabilité. Elle s'est arrêtée devant la mare et a trempé le museau dedans.

— Excessif, au dire de Nonno.

Enfin, oui, Boris avait pensé que, voilà qu'il bégayait, que Kunel était peut-être vivant. Après tout, la Dolce était la seule à l'avoir vu et...

— Non, avait-elle protesté. Les policiers l'ont vu, eux aussi.

— Qu'est-ce qu'ils ont dit? avait demandé Boris. *Que tout le monde sorte.*

— J'étais seule à côté d'un cadavre. Et puis après? J'étais assise dans le fauteuil de Kunel, en face de la scène. Tu vois, il avait mis son fauteuil juste en face.

Boris ne comprenait pas.

Enragée, elle avait pris une feuille blanche, un crayon, et s'était mise à dessiner à toute vitesse, *là, le piano de Mario, là, le piano de Kunel, là, c'est Kunel*; elle traçait un pantin recroquevillé. *Là, c'est la Magnet Radio. Là, c'est le fauteuil! Et là, sur le coussin du fauteuil,* **Le Colosse de Maroussi**, *de Henry Miller. Là, et ne m'embête plus avec ça!*

Boris pleurait.

Le policier était redescendu, était entré et s'était approché de lui. Il fallait causer. Il avait demandé à l'officier :

— En voyez-vous souvent, des cas comme ça ?

Valait mieux parler statistiques. Un cas douloureux parmi des milliers, ça se noie, ça se dilue dans ses semblables.

— Trop, avait répondu l'officier. Trop souvent, puis on ne réussit jamais à savoir pourquoi ils font ça. Des jeunes, en majorité.

— Combien ? avait osé Boris.

— Quarante-cinq mille tentatives par année.

Lek s'était approché. Boris n'avait pas la tête à marchander. Il avait demandé au policier *allez-vous en enlever un peu ?*

Ils allaient essayer.

— On va essayer d'enlever le plus gros, avait répondu l'homme.

Lek le détaillait de son regard perçant. Lunettes, casquette, chemise bleue, arme à feu qui ballottait sur sa cuisse dans une gaine luisante, noire. Regard bleu.

Y a rien là, a expliqué Labine à la Dolce en revenant de la cour à scrap. *Y a vraiment rien là. Y faut qu'ils en portent des guns. En Angleterre, ils ont essayé de ne pas en porter. Ça n'a pas marché.*

— On pourra pas tout faire, avait tenu à préciser le policier.

Pas facile. Ce n'est pas dans un camion de la morgue qu'on doit trouver ce qu'il faut pour balayer une cervelle. Ils avaient tenu parole. Ils avaient enlevé le maximum. Le reste, eh bien, le reste, Boris savait ce que ça voulait dire. Il avait imploré Lek du regard.

— Je ne ramasserai pas sa merde, avait sifflé Lek.

Le policier avait baissé les yeux. Putain d'uniforme, se disait Lek. Non, il avait été d'accord pour la poésie, les gyprocs, il les avait transportés, les seaux de peinture, les deux par quatre. *Tu es fort, toi*, disait Kunel. *Ouais, mais il est drôle aussi, lui*, ajoutait Fauché. *Et n'oublie surtout pas ta guitare.*

Ma guitare, pensait Lek. Le troubadour serrait ses poings, dépliait ses doigts. Des gros doigts, oui, pour ça, ils étaient forts, et qu'est-ce qu'il jouerait maintenant ? Non, pas la mort, il ne saurait jamais fredonner ça, à d'autres de se complaire là-dedans. Ramasser la merde, les tremblements de la guerre. Un mutilé, un grand brûlé, le chat mort, tiens, un vieux qui se meurt. Les voisins n'entendent rien, plus rien, ils écoutent, ils écoutent le moindre choc à travers la paroi de béton, si au moins je pouvais entendre le bruit de sa chiotte, je serais soulagé. Chier, c'est vivre. Tirer la chasse d'eau. Sinon, c'est le moment de rayer un nom dans son carnet d'adresses. Lek hochait la tête devant Boris. Comme si ça se pouvait, effacer les gens de sa mémoire. Autant se taper la tête contre le mur, régulièrement, à petites fêlures pour que tout ce que vous avez à oublier, tout ce que la boîte crânienne contient, soit renversé sur le plancher. Aux autres de faire le tri, d'envoyer ça en Arménie ou au dépotoir. Pleurer sans verser une larme. Il chanta, *oh, ma belle corneille des bois, vole, vole, vole, plus haut, plus haut, avec ta belle couleuvre entre les pattes, vole, vole vers ton nid.* Il refermait les doigts. Il ne pouvait même pas emmener la Dolce avec lui, et lui, après tout, c'est pour ça qu'il était là. Il savait bien pourquoi il existait, lui. Merde, il existait pour faire les moissons, aider Émile, tirer à vue sur les furets qui hantaient le poulailler de sa mère, quand elle lui disait, *il y a des yeux dans le poulailler.* Il aimait la nuit, la route, rouler jusqu'à la boîte la plus sympa, même si c'était à des kilomètres de la ferme, il aimait écouter la radio, les dernières musiques, il aimait sa guitare et les hirondelles aussi qui entraient dans sa chambre quand il jouait, le dimanche, dans la maison du père, quand ils étaient tous partis et que lui seul, lui, l'aîné, demeurait pour surveiller la ferme.

Dans sa chambre, il n'y avait qu'une lampe, une lampe orange en corde, qu'il avait fabriquée lui-même à l'école. Avec un ballon, de la cordelette, du sucre et de l'eau. Et voilà que les hirondelles faisaient leur nid dedans. Alors, il jouait et rejouait **le jour se lève.** Maintenant, oh, maintenant, il avait une dent contre Kunel et, non, il ne ramasserait pas sa merde.

À quoi ça sert un poète? Devant un souvlaki pita se pourlèche une des copines qui a fait du théâtre en Belgique avec Kunel, *on s'est bien amusées avec lui,* et elle ajoute, *on l'a consommé.* La Dolce fait un air de beu. S'emmerde royalement, après la soirée de lecture des textes de Kunel. *Ah oui. Je te présente Tell, elle est poète. Je vais tout mettre en images,* planait la poète. Tell a l'esprit de guimauve, son prof de chézep le lui avait dit à maintes reprises. *Ben, quoi, c'est utile pour les demandes de subvention.* Résumez-moi ça en quelques pages tonitruantes. La voix de Tell sifflait dans le micro. Un courant d'air traversait la salle (ou soufflait de la scène?) et s'infiltrait sous les portes. Ça agaçait le tympan, les gens remuaient les oreilles, écoutaient, frémissaient sur leur siège, grattaient une allumette. La flamme, orange. *Tu as vu? Elle porte un collant, la poète.*

Carlos rigole, *les poètes récitent quand tout le monde est couché, puis le petit monde, c'est moi.*

Tchèque le poète, comment il est habillé, il est habillé en poète, merde, en poète qui veut être sombre ou rockeur, c'est une redondance vivante, en poète qui veut faire mieux que Léo Ferré, Léo qui nous les a brisés, nos beaux funnes de poètes, *caca boudin, ouin, ouin, méchant Léo, il a cassé le bolo au saligo,* nous a remués, puis qu'on ne veut plus, qu'on ne peut plus écouter. Quand Lek, Kunel, Mario et la Dolce sont allés le voir dans les coulisses de la Place des arts, ils se sont aperçus qu'il n'y avait pas de coulisses. Tell veut savoir comment Kunel était habillé. Collant noir, lèvres noircies d'un grand trait au pastel gras. Le tour de sa bouche. *J'comprends pas,* fait Tell. La Dolce se tanne, *il avait le canon du fusil dans sa bouche, entre les dents.*

— Comme cha, fait-elle en mordant dans une fourchette.

Tell dépose son souvlaki et déglutit. À côté, il y a deux putes qui se réchauffent en jouant au pack-man. *Fisher est-tu revenu de l'hôpital?* demande celle qui a les cheveux debout sur la tête. *J'pense pas,* répond l'autre en sortant un kleenex de sa sacoche. *Un bon artiste est un artiste mort.* C'était vrai même en mil neuf cent quatre-vingt-sept. Ça allait faire un bon show.

— Normal, avait dit Roland pour apaiser Boris. Ici, ce n'est pas de l'entreprise culturelle. Il y a une lettre de trop.

— Laquelle? avait demandé Fajardo.

Selon Roland, il fallait retirer le *r* du mot culturel. Cultuel. Oui, l'entreprise était cultuelle. Écrire, réciter, rapporter, dénoncer, annoncer, informer, c'étaient des actes cultuels. Particulièrement en Occident, en Amérique du Nord, où le profane était absurdement séparé du sacré. Et le *pestac* que réservaient les poètes à leur ami défunt n'était qu'une suite logique.

— Il faut qu'il soit récupéré jusqu'au bout, tu comprends? avait fait Roland en brandissant le poing devant Boris. Et ça, il n'y échappera pas. Il a donné dans le panneau, et c'est tout. Non, il n'a pas déserté, bien au contraire. Il s'est assuré d'être publié.

C'est vrai, même Nonno avait demandé à Boris si, enfin, ce n'était pas le temps de lui demander ça, *mais est-ce que Kunel écrivait des trucs publiables?*

— Bien sûr qu'il te l'a demandé, s'était esclaffé Roland. Et d'autres aussi te le demanderont! Ils seront ravis de ne pas verser un sou de droits d'auteur! Il est mort, c'est fantastique. Quelle aubaine!

À table, tout le monde avait ri, bien sûr, c'était unanimement reconnu, même Fajardo avait souri et approuvé de la tête. Fajardo faisait du cinéma et, actuellement, les seules choses qui fonctionnaient, pourries ou non, étaient celles qui tombaient dans le domaine public. C'était un procédé courant, appliqué systématiquement en Occident. Tiens, Victor Hugo et Prosper Mérimée y passeraient. Alors, ses petites histoires d'amour mêlées au carnage qui sévissait au Chili, ça, non, ça n'était pas près de tomber dans le domaine public.

— Tu veux parler de tes histoires de cul ? avait croassé Roland.

Fajardo avait souri une fois de plus, c'est vrai qu'il était taxé de salace par tous les producteurs, mais que veux-tu, il était conscient qu'il était en Amérique du Nord, que l'emprise judéo-chrétienne était beaucoup plus sévère qu'on le croyait dans ce pays. Il était débarrassé de ses illusions, ça faisait dix ans qu'il avait émigré en se disant que les pays du nord avaient la réputation d'être libérés sexuellement.

— T'as vu jouer ça où ? lui avait lancé Boris.

Fajardo lui avait adressé un sourire enjôleur. Il avait lu ça dans des livres, la Finlande, la Suède, ah, oui, les gens vivaient à l'aise, nus dans leurs maisons, leurs saunas, et échangeaient leurs corps avec courtoisie. En plus, il avait entendu parler d'une révolution tranquille. Et il avait rêvé de voir ça. Pas de sang, pas de coups, des femmes souriantes, des hommes qui triquent en paix. *Je me suis fait avoir, tu comprends.*

Ah, pour ça, oui, elle était plus que tranquille la révolution. Pas de garderies, pas de livres, pas de théâtre, pas de transports en commun, pas de steak cette semaine, pas de cigarettes, pas de santé, pas de dents, pas d'électricité, pas d'eau, pas de fer, pas de bois. Pas de blé. Pas de pain. Tout le monde se taisait, les yeux dans le vague. Quelqu'un vida son verre. Le soir même au téléjournal, les symptômes du oui, oui, non, non, avaient été énumérés platement. Le prix du travail avait encore subi une hausse. Un politicien, ça accroche quand il sait annoncer ses nouvelles. Il faut traiter le public comme un maître. Annoncer les choses graves au moment propice ou toucher le cœur des femmes. Et les femmes avaient le cœur lourd, très lourd.

— Les héritages, poursuivait le cinéaste, en télésérie. La télé, c'est une petite église portative. On se confesse devant. On prie devant, n'est-ce pas? Ce n'est pas pour rien que passent les émissions initiatiques avant Noël.

— ... et beaucoup d'émissions sur le père, gueulait la Dolce.

Les intellos dramatisent, non, ils responsabilisent. Ils ne vont pas souvent à l'église (la télévision? moi, je n'écoute pas ça, juste les nouvelles et les films en fin de soirée). *La misère n'est plus noire,* gueulait Adrienne de sa galerie en éteignant la télé couleur.

— Il faut changer tout ça!

Place aux poètes. Les phrases déchiraient le jazz. Qu'est-ce qu'on choisit? *La musique avant toute chose,* gueulait Fauché. Et de la couleur. *Comme ça, vous faites de la musique?*

Ouais, ouais, eux, ils font de la musique, faisait Lek. *Et toi, tu n'en fais pas?* demanda Fauché sur un ton péremptoire.

Kunel serrait les poings. Il avait levé les yeux au ciel et rugi *mais oui, il en fait de la musique. Il joue de la guitare, n'importe quoi, de la scie électrique même, si tu veux!* Fauché éclata de rire. Ricaneur contaminant. Rire toxique, rire titanium, baryum, gomme arabique, violet, rouge. Rire cancérigène, la vie est cancérigène, couleur de l'âme. Fauché, âme blanche, toutes couleurs réunies.

— J'ai un piano, chez moi. Venez chez moi, on va s'amuser.

Kunel avait regardé Lek. Lek avait soutenu son regard. La Dolce ramassait son appareil-photo et ses lentilles, son tabac et ses allumettes. *Pas trop fatiguée?* lui avait murmuré Lek. *Pas du tout,* avait-elle répondu. Les aurait suivis au bout du monde. *On y go,* décida Lek. Il enfilait son blouson de cuir. C'était un départ. Il était une heure trente du matin. Fauché noua son écharpe rouge. Kunel embrassait la serveuse, qu'il trouvait vraiment de son goût, le genre ethno, bi-culturelle et qu'il courtisait poliment chaque semaine. La belle. Ils sortirent dans la rue, le vent les frappa de plein fouet. Tête baissée, ils longèrent Ontario jusqu'à Saint-Denis. Devant le métro, Kunel essaya d'ouvrir une des portes. *Ça ouvre seulement à cinq heures du mat,* affirmait Fauché. *Je le sais,* grogna Kunel, *mais j'essaye quand même, des fois qu'ils auraient oublié d'en barrer une.* Ça lui était déjà arrivé, et il avait pu rester au chaud au lieu d'aller dans le parc des fables.

Sur René-Lévesque, ils frissonnèrent, les mains dans les poches, les pieds mouillés. Quel mois de l'année? Entre octobre et mars. Lek reniflait. *Es-tu capable de prendre ça en photo?* demanda Fauché à la Dolce. *Ça quoi?* fit la Dolce.

— Ça!

Il pointait du doigt le *Q* qui orne l'édifice de l'Hydro. Fauché hurlait *au Québec, quand on dit qu'on a une économie de cul, on sait que c'est littéral.* L'édifice s'élevait dans la brume. La Dolce fit cinq photos et ils continuèrent jusqu'à de la Gauchetière. Fauché donna un coup de pied dans une vieille porte. Un chien aboyait dans la maison.

— Tranquille, Coquette!

La chienne s'élançait sur la porte.

— C'est des amis, Coquette! C'est des amis! criait Fauché en essayant de calmer l'animal.

Coquette. Croquette, dit Kunel. *Quéquette,* dit Lek. La chienne posa ses deux pattes pleines de schnoutte sur les cuisses de Kunel. Elle se calma sous ses caresses tout en se frayant un chemin dans l'atelier. Ils découvrirent une deux chevaux en pièces détachées. Lek touchait les pièces, une à une, fasciné. Démantibulée, la deux chevaux. *J'vais faire du café!* annonça Fauché. Nous allons faire du café. Il riait, fou de joie. Des litres de rouge vides traînaient sur une grande table à tréteaux recouverte d'un drap humide. Lek souleva le drap, tiens, du plâtre, se dit-il. La Dolce éternua. L'odeur de la peinture. C'est violent! Fauché avait passé la main autour de sa taille. *Regarde, c'est un gyproc, c'est pour écrire des graffitis.* Des notes s'élevèrent. Kunel était au piano.

Les choses résistent. Douleur de créateur. Perdre un créateur. La douleur d'un ami, c'est de perdre un ami. La douleur d'un enfant, c'est de perdre un enfant. Bien seuls dans les cellules, des alvéoles baignées de vie et de sang.

Assez de charabia.

Quelques jours après la mort de Kunel, Fauché brandissait le poing. La faux était repassée une troisième fois. Le marteau enfonçait le clou.

Ils appellent ça des épines, dit Lysbeth, ce qui s'enfonce comme ça, très pointu, très mince, très profond. La peau rougit et gonfle. Le pus suinte. Ne touchez pas, c'est infecté et ça fait mal. Violent et triste.

Musique de foire dans le parc des fables sous la pluie. Les sièges de la grande roue sont rouillés. Les pigeons ratatinés contre les corniches. Le pain. Ils regardent tristement les bouts de mie en bouillie sur l'asphalte. Non, Boris n'irait pas chez Lysbeth.

Il n'est plus qu'un vieil homme, tiens, le vlà qui passe, il entre dans le parc, quel arbre était-ce donc, quel arbre c'est. Il y a d'autres petits vieux qui trottinent, tiens, il reconnaît le granol des temps futurs et, là, c'est le petit lutin, celui qui mettait une bûche pour te rallumer ça. Il apporte du pain, volé à la Dolce. Kunel a mangé la dernière banane. Il y a longtemps.

Boris vide le sac, la moue triste. Les arbres sont boudeurs. Derrière ces arbres, des mecs attendent de troquer.

Il jette le sac, une petite vieille sursaute. *Tu n'aimes pas les croûtes,* dit le mec assis à côté de lui sur le banc. Pas possible ! C'était Fisher, le peintre. Boris ne l'avait pas reconnu ; Fisher avait les cheveux courts. *C'est vrai que ça me change la mine,* admit Fisher en se passant la main sur la tête. Ils s'embrassèrent en rigolant. *Qu'est-ce que tu manges pour ton lunch ?* demanda Fisher en fouillant dans le sac de Boris.

— Des sandwiches à la moutarde.

Chanceux ! Fisher, lui, avait un sandwich au poulet pressé. *On échange ?* O.K. ! Un super sandwich au poulet. Moitié moitié. Finalement, Fisher avait décroché une job de commis comptable et mangeait tous les jours.

Lundi, mardi, sandwich au ketchup, mercredi, sandwich au beurre de pinottes et confitures. Les beaux jours, sandwich au baloné. Baloné cru. Ou baloné à la poêle avec patates pilées et petits pois. Délices des dieux. Avec du ketchup. Relish. Dimanche, l'horrible hot chicken. Fisher l'avait invité au restaurant. *Aimes-tu mieux du chinois ou de l'italien ? Les deux,* avait répondu Boris.

Au sympathique resto **Le Fakir**, Boris raconta à Fisher qu'il terminait Anna. La bouche pleine, Fisher lui demanda :

— Qu'est-ce que tu faisais avant cela ?

Ah, la la, la, la vie c'est pas difficile, chantait Lek en reconduisant Boris au boulot. Direction, l'est de la ville, les raffineries. La puanteur, *bof, ça allait.* Le premier matin, tu ne t'arrêtes pas à ça. Pas une boîte aux lettres dans le coin. Pas de resto, rien. Pas de dépanneur, pas de cabines téléphoniques. Boris mangeait dans une pièce que les gens appelaient une cafétéria. Une pièce jaune moutarde, avec deux grandes fenêtres donnant sur les réservoirs. Quelques tables bancales, des salières et des poivrières en plastique Tupperware. Une pièce où traînaient des jeux de cartes sur le bord des fenêtres. Le midi, Boris avait le temps de faire trois patiences en mangeant ses sandwiches Cheez Whiz et mayonnaise. C'est là qu'il avait vu un four à micro-ondes pour la première fois. Il sortait son tabac et se roulait trois sèches pour l'après-midi. Ce n'était plus très à la mode. En plus il répondait au téléphone, *ultra marre, bonjour.*

Depuis le temps, il avait fait du chemin. Admettons que je sois nul, nul, complètement nul, se dit Boris devant la porte de la garde-robe.

Il rebrousse chemin vers la cuisine. Sur la table, il y a une vieille banane qui mûrit à côté des lunettes de Sim. Sim, pour qui écrire était un outil, l'avait encouragé.

Ils en avaient finalement discuté. Quelle engueulade.

— Toute la journée, j'ai eu l'impression que tout sentait le chloroforme, avait commencé Sim en rentrant de l'atelier.

Il reniflait ses mains.

— Le cloroquoi? demanda Lek.

— Le chloroforme, tonnait Sim en se frottant les mains.

— C'est quoi c'te bête-là?

Lek cherchait du regard dans la pièce.

Sim tirait la Dolce par la manche. Elle mettait la table. *Tiens, toi, viens voir un peu, dis-moi si mes mains sentent le chloroforme. Tout sent le chloroforme.* Elle se pencha sur les mains de son oncle. *Ça sent la nicotine,* renifla-t-elle, les narines pincées. Sim répondit *impossible, ce n'est pas avec cette main-là que je fume. Je te jure, Sim, ça sent la nicotine.*

Le tio ouvrait la porte du frigo en tendant sa main à Boris.

— Ça sent le vieux garçon, fit Boris.

Patatras.

Le pot de mayonnaise, le pot de confitures. Gêné, Boris ramassa tout ce qui était tombé du frigo. Sim grognait *je ne suis pas un vieux garçon et...* (intraduisible), *je ne suis pas un vieux garçon...* (traduisible mais risqué).

— ... et mes mains sentent le chloroforme!

— Bon, si ça peut te faire plaisir, dit la Dolce.

— C'est quoi cette histoire de chlorofoam ? demanda Lek, agacé.

Sim explosa. Il est nerveux, le tio, se dit la Dolce. *Ben voyons,* cria-t-il. *Du chloroforme, c'est du chloroforme !* Sim bousculait les pots dans le frigo. *Va falloir que je répare cette porte-là un de ces soirs.*

— Dans l'ancien temps, on endormait les gens avec ça, souffla la Dolce à Lek.

Sim rugit. Ses yeux lançaient des flammes.

— C'est pas une histoire d'ancien temps ! On endort encore les gens avec du chloroforme !

— C'est vrai, on endort les papillons avec ça, admit la Dolce.

— Ah, oui, du cloro forme, dit Lek.

Boris regarda les murs de la cuisine en serrant les poings. Il fallait bien que le mot liberté soit écrit quelque part. L'envie d'attraper au lasso la première branche de l'arbre, le plus petit rameau, c'est pénible ici de me voir écrire, c'est pénible de me voir près du feu, prendre de la place avec mon stylo et le feu. Et le fouet qui cingle dans le dos. Platoniques vérités. Écrire devant les autres désole les autres. Ils n'osent que fabriquer du silence. Et le rompre. Impatience horrible. La Dolce cherche, elle cherche quelque chose dans l'appartement. Boris entend ses talons frapper le parquet. Que cherche-t-elle. Elle revient dans la cuisine, les joues rougies, les cheveux ébouriffés. *Qu'est-ce que tu cherches comme ça ?* lui demande Boris. *C'est agaçant à la fin. Tu n'aurais pas vu mon bracelet ?*

Quel bracelet ? Le bracelet, tu sais le bracelet avec la fleur séchée sur velours noir, dans une montre, comme une montre.

Le bracelet que tu avais donné à Ku... Boris se tait. Les feux s'éteignent. *Il faudrait que je regarde dans mes affaires.* Mais il fait de la comptabilité et Kunel, c'est du passé. Il faut en sortir, oublier ça. Distribuer le ciel, le ciel, le ciel. Ce maudit moule au-dessus de la tête. Le festin qui n'a jamais eu lieu. Il n'y a rien, il n'y a rien, les êtres à quatre membres, dotés de parole, deux yeux, une bouche, deux yeux, une bouche. J'aimerais avoir deux bouches. Deux bouches qui ne cesseraient de se parler, et un œil, un seul pour ne pas voir les choses deux fois plus belles ou deux fois plus laides, ou deux fois plus nulles, deux fois plus chères, deux fois mal aimées, deux fois ratées.

Deux fois sur le lieu du crime.

— D'accord, je sais où est le bracelet, avoue Boris à la Dolce.

Un œil qui réunit les êtres qui nous peuplent. Une seule douleur à pourchasser, un seul moyen de s'échapper. Basta avec les illusions détestables, croire qu'il existe plusieurs issues. Il ne serait pas libre et ce serait très bien, mieux que ces sorties provisoires, ces échappées conditionnelles, doublées de retours en prison, en dedans, au moindre plaisir créé par les sens à double voie. L'espoir dans l'autre. L'espoir d'être plus qu'un.

Il regarde la Dolce.

Ils passaient leur vie à se raconter les vies qu'ils auraient un jour.

Elle veut son bracelet. Langage délié. Langues nouées. Les choses parlent. Quelque chose plutôt. Peut-être avaient-ils appris la rêverie, ou encore le rêve désertique.

— Tu vas partir ou quoi ?

Il est trop tard pour donner des nouvelles. Les échéances, les départs, les mouchoirs invisibles, secoués dans le fond de son cœur, les adieux téméraires, des flaques dans lesquelles nous marchons pour briser l'image claire de notre ombre. *Dans la boule de cristal, je vois une ombre disparaître,* dit Adrienne. *Do you believe ?* frémit l'Anglaise.

Dans le petit cagibi, bien éclairé, pas très romanoïde, tête vide, corps désaffecté. Les mots viendront ponctuer les retraites dans le sanctuaire de la pensée, du désir. Pas un château en Espagne. *Eh bien, j'suis content, je crois que je peux être content, là, je suis content,* avait dit Lek la veille. Il avait serré la Dolce dans ses bras, et le torse bombé, il était allé voir le tio dans sa chambre.

Ça fait clic dans les yeux de Boris. Sur fond gris, photo de mouvement, d'escapade, d'action. Il faut briser, briser le bout d'os avant qu'il devienne un monument.

— Tu vas me donner le bout d'os.

— Je m'en vais à Maracanar, annonce la Dolce.

Il la giflerait.

Le bateau gîte. Il me manque la lumière, il me manque le feu, le vent est là, oh oui, il est là. Il fait grand vent, la mer est grande et bleue, fouettée, elle écume. Lâcher la corde qui retient les esprits ensemble, je divise parce que je suis divisé, et multiple. Boris court à perdre haleine à travers ses moi-même, dangereux, transparents, des reflets, des glaces piégées comme dans les foires où on paie pour se heurter aux miroirs d'un labyrinthe. Il faut en sortir en dix minutes. Payer pour trouver son chemin, pour en sortir. Dis-moi combien il faut payer pour en sortir.

À la sortie du labyrinthe, il n'y a rien, personne, seulement une file de gens qui attendent en silence.

Ça ne lui disait rien d'entendre ce qu'il venait d'entendre. Sortir. Vite, son souvenir préféré. Aller au parc Belmont, s'affaisser au pied d'une glace au fond du labyrinthe. Tapi dans l'ombre, il regardait les gens se heurter nerveusement, ému par leurs éclats de rire hystériques. Les parois de verre tachées de doigts gras. *Aïe, ouille,* entendait-il. Le patron du labyrinthe venait le chercher, l'empoignait par le col de la chemise, le poussait. *Yé plate, ton labyrinthe,* lui disait Boris. Insulté, le patron rugissait, lui donnait un coup de pied au derrière et le foutait dehors. En prime, une taloche.

Dehors giclait le soleil. Un gros soleil américain. Quand on dit la vérité aux adultes, ils nous battent. Crème soda, aventures de papier, livres épars dans le grenier jamais visité ; la lucarne raccole des brins de lumière, à la tonne, pour trois fois rien. Rien, rien, rien. La Dolce s'inquiète. Elle veut son bracelet.

— Qu'est-ce que tu as, Boris ?

Il l'avait déjà dit. Rien, rien et rien. Le soleil ne s'éteint jamais. Les lucarnes du grenier sans souvenirs. Il n'y a pas de porte pour y entrer. Il ferait une fugue jusque chez Anna. Anna déposerait une grosse boule de crème glacée à la vanille au fond d'un grand verre marqué d'un chiffre ciselé. *C'est le chiffre huit,* souffle-t-il. Elle verserait une lampée de crème soda Blanche Neige. Tout ça pétillerait, exploserait, la boule de crème glacée remonterait et s'arrêterait juste avant de déborder. Anna y ficherait deux pailles rayées de rouge et de blanc, y enfilerait des cerises au marasquin. Enfin, elle lui dirait, c'est prêt.

Toujours prévoir d'ajouter des pages. Non, il n'avait rien, il s'était levé avec une souffrance transmorbide, voilà tout. Des pages libres. *Ça fait des mois que tu te retiens de vivre,* lui dit la Dolce. Elle lui fait peur. La voix de Lek. Un disque qui lui est cher. Sa voix tremble. Son murmure, le murmure du bonheur pris dans la gorge. La Dolce s'approche de Boris, se penche au-dessus des feuilles.

Qui donc s'en est allé avec nos baisers mouillés, nos ventouses amoureuses, quand les pieuvres s'enlaçaient, effarouchées dans les fosses abyssales où nous nous étions réfugiés. Nous sommes marins, lit la Dolce au-dessus de son épaule.

Il lui faut une cigarette, à Boris. Penché, recroquevillé, il sort les cigarettes de sa poche au prix d'un grand effort. Un tic nerveux. Se gratte. Se gratte au sang. Écorche-toi la peau, serpent. Mue, grenouille. Tondaine, les moutons. Les rats en mutation. De l'intérieur. Ah, ah, de quoi faire rigoler les généticiens qui moisissent dans un petit bureau. De quelle race sont les généticiens ?

Un café siouplaît.

Ne plus retourner chez Nonno, ne plus recommencer. Une bonne thérapie, ça. Tout le sang, le temps, le soleil, le printemps qui arrive à l'heure. Mettez-en, mettez-en, c'est pas de l'onguent. Tout le monde est en dedans, hormis ceux qui font la guerre. *Pouah! Le café goûte le savon. Boris, t'es cinglé.*

— Goûte voir si je suis cinglé !

La Dolce goûte.

— Ce sont les médicaments que tu prends, affirme-t-elle.

Elle regarde dehors. Il est midi. *Il n'y a plus de lait pour ton café,* soupire la Dolce, un poing sur la hanche.

Il n'y a plus rien. Discipline. Boris traduit Anna. Il écrit, ou il traduit, c'est la même chose. *Petite job maudite,* avait dit Labine en apprenant ce qu'il faisait comme boulot. *T'en fais pas,* avait-il ajouté. *On est peut-être millionnaires.* Devant l'air intrigué de Boris, le rockeur avait brandi des billets de loterie. *On est le jour un,* poursuivait Labine, expliquant que la Société des loteries avait remis le tirage aux jeudis. *Ils ne tirent plus le vendredi. Pourquoi ?* avait demandé Boris, curieux. Kunel était le seul qui croyait pouvoir gagner à la loterie. Labine racontait que les gens s'étaient plaints, *c'est plus commode de gagner un soir de paye.*

Décidément, le café goûte le savon. Pourtant, c'est le printemps, se dit Boris. Une semaine de travail, et hop, c'est fini. Il devrait être de bonne humeur. Il y a des mouches dehors. Il pousse le volet de sa chambre et les mouches encore étourdies de sommeil s'envolent lentement, lourdement. Poupounette est rendue chez le voisin en face, Boris l'appelle, elle hésite à rentrer. À qui le tour de sortir ? Hein ? À qui le tour ?

Saluez le printemps. Chacun choisit sa journée pour le faire. *Poupounette, Poupounette.* Voilà où il en était, à appeler une minette. La chatte tire sa révérence. Boris rêve d'étendre la main, de caresser le pelage tiède. Encore une perte de temps. Il écrirait à reculons, ça irait plus vite. Drôle de bruit dans le hangar. Une goutte d'eau tombe du toit pourri, se mêlant à celui de son cœur. Il avait oublié. C'est.

L'oubli est capital. Se souvenir de tout, mais pas du sens d'un salut au drapeau. Je me souviens, je me souviens. Les autres, la conscience... Le crayon bloque. Terminer Anna, et clac ! l'empressement, la vitesse, c'était la seule chance de gagner. Je suis nul en comptabilité, rigole-t-il. Il s'agit de compter. Les pyramides. Kunel, les maths et la loi. Le calcul d'une spirale, les motifs mexicains dans les dessins de Stef. Il allait même oublier son nom à celui-là. Motifs mexicains. Et hop, il imiterait le Mexique. Des milliers de ponchos en Phentex.

Point commun avec un pianiste

a. avec qui il a eu du plaisir.
b. avec qui il a eu ben du fun.
c. avec qui il a pris son pied.
d. avec qui il s'est amusé.
e. aucune de ces réponses.

Cochez la case appropriée (la bonne réponse, dirait Nonno).

Regarde ces phrases. Des livres qui se visitent. C'est chiant. Boris en a marre de visiter des assis.

La Moukère lui avait fourni un bon conseil, celui d'imaginer le patron en train de chier. Il les imagine, tous accroupis sur la chaîne de trottoir. Chacun à son tour dépose un étron bien frais. Dans le trou en tête du tuyau en tôle. L'eau du printemps. L'étron ressort à l'autre bout, à la grande joie des autres. Une vraie petite usine.

— Ouille, s'écrie Nonno à force de forcer et de pousser.

Il n'y arrive pas.

Les autres se tordent.

— J'peux pas... J'peux pas, gémit Nonno.

Un grand s'approche et lui fout un gnon dans le ventre :

— Pourtant, t'es plein de marde.

Dans la vraie vie, Nonno aime jouer au chat et à la souris. Boris le sait. Il ne s'est pas maquillé ce matin. Il a eu beau s'asperger la fiole à l'eau froide pour avoir l'air rougeaud et en pleine forme, Nonno a envie de se payer sa tête. Boris remarque qu'il a des pellicules sur son veston.

— Je ne suis qu'un administrateur, commence Nonno.

Le malaise, expliquait Boris à Lek dans l'auto, *c'est que Nonno est plutôt un type avec qui j'irais à la pêche au lieu de m'emmerder et de l'emmerder avec des contrats plates.* Selon Lek, Nonno s'arrangeait pour que ce soit plate et Boris ne devait plus perdre son temps à essayer de trouver du boulot chez un mec pareil.

Le patron sifflote. Boris lui tend son paquet de cigarettes. Dédaigneux, Nonno dit *ah, non, tu ne fumes pas ma marque.* Ma marque. Sa marque qui me marque. Eh, Mark ? À l'attaque. Bon. Alors, j'attaque ou j'attaque pas ? hésite Boris.

— J'ai presque terminé Anna, risque Boris.

Je pensais que tu avais d'autres ressources. Et les articles dont tu me parlais ?

Ouais, c'est vrai, tiens, le dernier, c'était sur les verrues génitales. Ça se traite, dit Boris. Nonno sourcille. *On brûle ça au laser. Ça serait super un fusil au laser pour les corrections,* dit Nonno. Mais qu'est-ce qu'il a contre les copistes et les scribes ? se demande Boris tout à coup. Il n'avait encore jamais songé à cela. On se croirait chez les Égyptiens. Là, Nonno est vêtu en Pharaon. Missié Bwana, je veux un fusil au laser pour Noël.

Détente dans l'autre camp. Nonno soupire, *écoute, je n'ai pas grand-chose à te proposer, c'est pas mal mort, il y a bien la vie du duc de, non, pas ça, ça ne t'intéressera pas, c'est politique.*

Boris ouvre la bouche. Politique. Laisser filer la corde. Si Boris peut se fermer la gueule, il va pouvoir se l'ouvrir pour manger.

Manger, mmmmmm.

Volailles appétissantes, comme celles qu'ils servent au resto que fréquente Nonno. Pendant ce temps, Nonno examine les pages d'Anna. Cochon, cochon. *Ça va coûter trop cher,* dit Nonno en levant les bras au ciel. *Tous ces accents, ces petites fautes, là, tu as changé «plusieurs» par «nombreux», ça veut dire la même chose.* À un cheveu près. Aimeriez-vous recevoir plusieurs coups de poings ou de nombreux coups de poings? Aimeriez-vous avoir plusieurs enfants ou une famille nombreuse? *Pourquoi en faire trop?* s'emballe le Pharaon.

Vraiment emballé! *Pourquoi en faire trop, pourquoi en faire trop, pourquoi les gens veulent-ils toujours en faire plus?* crie Nonno. Et là, il s'arrache les cheveux littéralement.

— Bon, eh bien, essaie de dire Boris.

Nonno a le mors aux dents. Après tout, c'est lui le boss, il ne faut pas que Boris l'oublie. Le boss pique sa crise. *Tu travailles trop, comprends-tu? Tu en fais trop. Pour aujourd'hui, ça va. La prochaine fois, arrange-toi pour ne pas trop en faire.*

Petit rigolo.

Le minimum, chante Jacques Higelin. Le minimum. Anna. Comptabilité. Téléphone. Il y a deux cents ans, Boris aurait été un clerc. Il y a cent ans, un bon notaire. Écriture soignée, langage châtié. Il n'aurait pas eu peur d'aller à la banque. Il aurait été banquier, et le banquier lui aurait dit, *je vous connais, oui, je vous connais, je vous reconnais, vous comptez beaucoup pour nous.* Avant de sortir, Boris aurait pris sa cape pour la sienne et, en s'excusant, l'aurait reposée sur le porte-manteau.

Lek l'attend en bas.

— J'en ai marre de jouer au taxi, j'en ai ras le ciboulot, dit Lek en le voyant arriver.

Penaud, Boris ne répond rien. Lek le secoue :

— Bon, alors, on est partis, oui ou non ?

— Tout de suite ?

— C'est pas demain qu'il faut y aller à la banque. C'est aujourd'hui, non ?

Lek n'est pas de bonne humeur. Aïe. Il passe en première. Aïe, il remet ça en marche arrière. Aïe, le pare-choc. Aïe, en première. Il décolle à quatre-vingt-dix degrés. Boris lui demande de le déposer chez Lysbeth. Virage. Rue de Lysbeth. Un gros camion barre le trottoir. Le camion suce les fabriques de linge. Manufactures, monde qui travaille. Il est quatre heures et demie, les femmes sortent de la manufacture en serrant leur veste de laine contre leurs jambes. Elles s'éparpillent par groupes, à l'est, à l'ouest. Les rues sont en réparation. Au sud, au nord. Des mecs gargouillent sur leur passage, du fond de leur trou, *salut, mon beau bébé d'amour.* Mon beau bébé d'amour avance contre le vent, les femmes trottinent jusqu'à la garderie du coin, espérant arriver à temps, pour que les enfants ne se sentent pas tout seuls, abandonnés, plus vite, plus vite, c'est pas parce que la journée est finie que la journée est finie, les femmes ressortent de la garderie, poussent un carrosse, un petit accroché à chaque main, entrent dans la boulangerie, rangent le pain dans le carrosse. Une expédition.

Lysbeth achève le costume de lapin. *Regarde,* fait-elle en enfilant le bonnet. *Les oreilles se tiennent-elles droites ?*

Ça lui va bien, ce bonnet de lapin.

— Oui, dit Boris, les oreilles sont droites.

Belles oreilles.

Elle lui montre la queue du lapin, un gros pompon. C'est chouette, c'est réussi. Lysbeth se rassied à sa Singer. Seingère ou Signeure.

Il lui marmonne qu'il vient lui dire au revoir, qu'il part pour le week-end dans le nord. *On va bien s'amuser, j'ai demandé à la Dolce de jeter un sort à la boulangère qui me remet des cinq sous au lieu des vingt-cinq sous.*

— Qu'est-ce que tu racontes-là, Boris ? fait Lysbeth en relevant le pied de biche.

Lek avait osé entrer dans la chambre du tio. Il avait écouté la fin du film avec lui. *Beau film,* avait soupiré l'oncle Sim, la larme à l'œil. *Vite, éteins-moi ça avant le* **Ô, Canada.** Lek s'était précipité vers la télé. *J'emmène la Dolce à Maracanar,* avait-il annoncé au tio. L'oncle lui avait tapé sur l'épaule, *c'est une fichue de bonne nouvelle.*

La Dolce était dans la cuisine avec Boris. Il lui avait remis le bracelet. En échange, elle lui avait donné le bout d'os. Avec un grand cri rauque, Boris avait ouvert la porte du hangar, était sorti sur les marches et, han ! il l'avait lancé le plus loin possible.

— J'ai sommeil, disait la Dolce en se frottant les yeux. Je vais aller me coucher. Tu n'y vas pas, toi ?

Non, il se remettait au boulot.

— Tu n'es pas sérieux...

Sim et Lek arrivaient sur les entrefaites.

— Bien sûr qu'il est sérieux, dit Lek. Il en a au moins jusqu'à quatre heures du matin.

Il se tourna vers Boris :

— Encore quelques jours et tu as fini.

— Eh bien, tu vas pouvoir expédier ton papier en pleine nature ! annonça Sim en se dandinant, nu comme un singe au beau milieu de la cuisine.

Boris, Lek et la Dolce dévisagèrent le tio.

— Je vais dans le nord samedi. J'ai des chutes de bois à monter chez un pote. Du beau bois franc, bien sec. Et j'ai besoin de vos bras, moi !

Ben, ça alors ! La Dolce se jeta dans les bras de Lek et Lek tapa sur l'épaule de Boris, *yeah, man !*

Du beau bois franc. Boris s'y voit déjà, du bois blond et franc, débarrassé de la traduction, il calcule avec délices, ça lui fait chaud au cœur d'arriver à la banque, d'aligner les comptes faramineux sur le comptoir, en ordre décroissant, électricité, loyer, téléphone.

Délicieux. Et de les payer. Ensuite, il mettrait de l'essence dans le camion de Sim. Vendredi après-midi, chez Latina, ça fourmille de monde, il entre dans la boutique, il commande une demi-livre de capicolle, un kilo d'olives, des kalamatas juteuses comme des yeux, il craque pour un de ces petits jambonneaux fumés qui pendent au-dessus du comptoir des charcuteries. Il emmènerait la Dolce, et tous les types derrière le comptoir lui feraient des sourires à tout casser, et tout le monde la trouverait tellement belle, ensuite, le fromage feta, un époisse pour Lek, des rillettes pour Sim, il n'a plus de dents le pauvre vieux, un carré de sucre à la crème, des petits pains au sésame, et un pain de seigle aussi, pour la Dolce, qui en raffole. Des loukoums. Côté fruits, des cerises de terre, des prunes et des pêches. Ah, les légumes.

Il prendrait un pied de fenouil frais, des champignons à corolles, des pleurotes, des pois mange-tout, des courgettes, des tomates épaisses et lourdes, des amandes et je ne sais quoi encore. Pour terminer, il foncerait chez le boulanger brésilien et dirait d'un air triomphateur :

— Deux couronnes, et quatre pizzas, huit éclairs au chocolat, sans oublier le café. Deux cents kilos de café noir d'Arabie, en grains, puis une bouteille de Sambucca pour faire griller quatre grains de café, flambés dans la liqueur exquise.

Avant de sortir, il plaquerait un baiser sur la bouche de la divine fille du boulanger, et pousserait l'audace jusqu'à lui dire, *j't'emmène, poupée.*

Oh oui, il se conformerait, allez il se roulerait dans la légende de ce roi, celui dont les doigts transformaient tout en or, comment s'appelait ce mec, Midas, oui, Nonno devait le connaître. Bientôt il livrerait Anna à Nonno et Nonno lui remettrait son fric, vendredi à midi.

... mais que veux-tu, ça prend tellement de temps à faire un chèque. Il faut sortir les grands livres, dit Nonno en se grattant l'oreille.

Il parle d'autre chose.

— Est-ce que tu t'y connais en Nintendo ?

— Non, mais... fit Boris. Qu'est-ce que c'est ? déduisant qu'il s'agit d'un nouvel art martial.

— Décidément, tu ne connais rien, laisse tomber Nonno.

Nonno saisit son porte-plume thermomètre. Je ne connais rien, nan. Boris ne connaît rien, mais il sent que...

On n'ignore pas tous la même chose. Boris se fout de son chantage, de ce jeu idiot des minauderies, des allusions. Boris, calme-toi, calme-toi. Songe à ton frigo vide. Il n'y a plus de frigo, il a pété, tellement il était vide. Songe à ta faim, oui, à ta faim. Il n'a pas mangé avant d'aller chez Nonno, et c'est comme ça, son estomac le rend lucide. Là, là, ça revient, l'image de Kunel, grelottant au coin de la rue, dans son manteau d'hiver, à attendre le bus, le bus qui ne vient pas, ou les bus passent, oui, des bus qui vont au garage, c'est pas humain, il décide de marcher, il marche, oui, il marche, à l'armée, ils lui ont dit, *marche, gauche, droite, marche.* Ils lui ont enseigné ça. Ils lui ont dit que dans le froid sibérien, il ne fallait pas attendre, non, pas attendre la mort. Marche, Kunel, marche, gauche, droite, et il marche Kunel, il prend des raccourcis à travers la ville, le parc, il est rendu au parc. Il traverse le parc à grandes enjambées, ce n'est plus un homme, c'est un coureur des bois, et les arbres lèvent les bras au ciel, leurs branches en forme de V comme la victoire et leurs bras cassés, il ramasse leurs bras répandus sur le sol, par le givre cassés. Il marche et il y a quelqu'un à côté de lui, c'est une femme, et cette femme, c'est...

— Enfin, dis quelque chose, fait Nonno.

Il y aurait du chocolat aussi, des confiseries, des bonbons saupoudrés de noix de coco.

Le scribe est las d'essuyer les différentes formules de lavage de cerveau. Je te laisse la page de gauche. Et patati et patata, mon cher à droite, vous qui nous les cassez avec vos apostrophes. On pourrait en écrire long sur la faille entre les deux lobes. La vitesse du sélecteur. Pas de chèque aujourd'hui. Après, on dira que le langage n'a pas de mots pour signifier la paix.

C'est con, se surprend à penser Boris. Kunel est là, il sort son fusil. Il n'est pas mort, il a fait semblant, il est en Irlande, parmi des terroristes, ici ou ailleurs. Il fait peut-être irruption chez les salauds et il les descend au nom d'une cause.

Lédize êne djennetelemène. Reportage en direct. Rendons-nous, si vous le voulez bien, mesdames et messieurs, sur les lieux du kidnapping le plus excitant du siècle. Boris ne loupe plus le moindre flash à l'intérieur de ces murs. Un rat passe, tiens, il l'attrape.

Rappelons les faits. Le rapt s'est produit samedi dernier sur le bord de la route 117.

Sim, Lek, Boris et la Dolce dans le camion rempli de bois. Ils gravissent la montagne des bouleaux blancs, dans la montée sauvage. Cahot.

— On a perdu le sac d'emplettes ! crie Lek.

Coup d'œil au rétroviseur. Fichue portière ! Le tio freine et dépose Lek. À bâbord toutes. *Anna,* murmure Boris.

Anna, dans le sac d'emplettes.

Un truc impensable, mesdames et messieurs. Ils ont les yeux rivés sur Lek.

— Qu'est-ce qu'il fout ?

Lek court vers le sac échoué, une Ford s'arrête, il en sort un gros navet. *Gronavet ramasse le sac.* Lek fonce. *Gronavet rentre dans la Ford et...*

— Accélère ! hurle la Dolce.

Plus que quelques mètres à franchir. La Ford redémarre. Le tio donne un coup de volant, Lek s'agrippe.

— Monte !

Ça y est, il monte. Les roues du camion crissent, le chargement s'ébranle, Sim appuie à fond. Le camion se cabre.

— Vieille bourrique ! gueule le tio.

La Ford a disparu. Et voilà, mesdames et messieurs.

Le camion de l'oncle Sim, la porte arrière qui ne ferme pas. La lenteur du camion dans la pente. La vitesse de l'automobile. La présence d'esprit de Lek qui a vu le sac dégringoler. La force du moteur japonais, la tonne de bois à l'arrière. Gronavet file vers Saint-Donat, emportant Anna à tout jamais.

— Moi, je connais un auteur qui a perdu trois fois son manuscrit sans le faire exprès, dit Lysbeth en caressant le front de Boris.

Pas ça, pas ça. Mais oui, mais oui.

Elle n'a plus son boa, son froufrou, son pyjama de soie, sa jarretière de première, de derrière, jamais, non, jamais, il pensait que ses fesses étaient si belles que ça, et ses seins, bonté divine, qu'ils étaient lourds, il a la tête enfouie dessous, il les suce chacun leur tour, s'il pouvait mettre les deux dans sa bouche en même temps, *pas ça, pas ça, mais oui, mais oui,* fait Lysbeth, péremptoire, elle découvre son gland, le roule dans le creux de sa main jusqu'à faire jaillir la perle d'amour, la petite goutte salée, sucrée, *ah, mon Dieu,* elle n'arrête pas là, *oh, oui, oh oui,* bruit de succion douce, *le papillon, qu'est-ce qu'il fait, maman ? Il bande, mon chou, il bande.* Elle jouissait déjà, quoi, encore, il a eu à peine le temps de fumer une moitié de cigarette, mais oui, elle n'en a eu que deux, deux quoi, deux étoiles, et elle n'attend pas la réponse, à quatre pattes, elle le coud de baisers dans le dos, jusqu'à la nuque, effleurant la peau de ses dents, et en avant, ça pétille et ça croustille, *pas ça, mais si, mais si.*

Je n'aurais jamais cru, lui dit-il après avoir donné tout son suc. Elle s'appuie contre son torse sans plus bouger. Avant qu'elle parte, ils restent longtemps à se bichonner, à se caresser derrière les oreilles, sur les bras, elle a de beaux genoux, elle enfile ses bas, elle est décoiffée, mais ça ne paraîtra pas, elle a les joues rouges, mais ça ne se verra pas. *Ne te lève pas,* lui dit-elle avant de se sauver.

Il est dans le lit d'eau du tio. Il étire le bras et zappe, super ! **Les tribulations d'un Chinois en Chine,** avec Belmondo. Et un drôle de coup de fil. Quoi ? Gronavet en personne ! *Mais comment avez-vous...* Gronavet marmonne qu'il a trouvé le numéro de téléphone grâce à son nom, le seul du genre dans l'annuaire. Il lui donne rendez-vous, à deux heures à la Banque Laurentienne. *Comment vais-je faire pour vous reconnaître ?*

Gronavet pèse deux cents livres, il a quarante-deux ans, pas de cheveux sur le caillou, et une plaque de diamants dans le cou. *Je ressemble à Tintin, comme deux gouttes d'eau.* Tintin a dû bouffer boucoup de choucroute, pense Boris. Et boire boucoup de bière.

Boris hurle de joie en s'habillant. Avertirait-il Lek ou la Dolce ? Non, il irait tout seul à la banque. La gagne l'a assez protégé. Mine de rien, lui faisant croire qu'il était libre, libre d'entrer ou non dans la cage où il y a un mort en décomposition. Moyenne affaire.

Pourquoi une banque ? Un terrain neutre. Gronavet veut-il me faire un chèque ? Acheter Anna ? Boris a l'œsophage en éruption comme s'il avait mangé un kilo de pastilles à la menthe dans un cinéma d'horreur.

Il piétine devant la Banque. Il ne fait pas chaud, il frissonne, les mains enfoncées dans les poches de son imperméable. Sur le fronton de la banque, une horloge. Gronavet est en retard d'une minute. Boris respire à fond, et commence un mantra que lui avait enseigné Stef. *Allons, tous ensemble, Sssssssss ss sssssss,* siffle Boris entre ses dents. Le R, tonneau d'un moulin qui broie le blé dans le cœur sous ses ailes. *Encore une fois, rrrrrrrrr r r r r rr rrrr rrrrrrr.* Le T lui sort de la bouche comme le tac de la botte rouge d'une danseuse. *Eeeeéééééé,* comme le premier é dans *é que cé bon.*

Assez de charades. Et s'il allait devant sa mort ? Ferait pas tant de chemin pour te tuer, toi, pour une raison sans raison. Il faut l'enfermer, sans qu'il s'en aperçoive, et le serrer doucement dans nos bras, c'est la seule façon pour qu'il ne s'en aperçoive pas. Il ne connaît pas ce refuge, la prison de l'affection. Il n'y verra que du feu. Blotti dans nos bras lousses, au sein du cercle, de la ronde. Nous briserons nos bras dès qu'il se tournera pour regarder s'il y a des issues. Boris ricane. Dire qu'il avait peur que la porte de la garde-robe se referme toute seule. Je me suis trompé, se dit Boris, la porte est toujours ouverte.

Il est là, à regarder tous les passants et à les dévisager pour voir s'ils ressemblent à Tintin, c'est ridicule. Il se met à pleuvoir. Il ne va pas rester planté là dehors, en plus. Il entre dans la banque, s'abrite dans l'entrée et guette tous les Tintins qui passent. La première caissière s'inquiète ; elle fait signe au gérant. Boris sort à toutes les trente secondes, jette un regard dans la rue, rentre de nouveau dans la banque. *C'est trop louche,* dit la caissière, le gérant est d'accord, et là, bon, voilà le char de flics, qu'est-ce qu'ils font, ah, mais Boris va se faire embarquer, ma parole. Mais oui, on l'embarque. Tenez, lisez à ma place. Je ne vois plus, j'ai des paupières sur les yeux.